Fausse note à Venise

Gordon Korman

Traduit de l'anglais (États-Unis)
par Anne Delcourt

Illustrations intérieures
de Philippe Masson

bayard jeunesse

Pour tous les duos de frères et sœurs,
des Mozart aux Cahill,
de la part d'un fils unique reconnaissant.
– GK

TITRE ORIGINAL :

One False Note

© 2008, Scholastic Inc.
Tous droits réservés, reproduction même partielle interdite.
Publié avec l'autorisation de Scholastic Inc.,
557 Broadway, New York, NY 10012, USA.
The 39 Clues (les 39 clés) et tous les logos qui y sont associés sont des
marques déposées de Scholastic Inc.
© 2011 Bayard Éditions
pour la traduction française et les illustrations.
Dépôt légal : février 2011
ISBN : 978-2-7470-3199-8
Imprimé en Espagne par Novoprint
Loi n° 49-956 du 16 juillet 1949 sur les publications destinées à la jeunesse.

I. Des concurrents redoutables

Saladin entama sa grève de la faim deux heures après le départ de Paris.

Il huma du bout du museau la boîte de pâtée pour chat, puis se détourna dédaigneusement.

– Allez, Saladin, insista la jeune Amy Cahill, quatorze ans. On n'a rien d'autre, tu sais. Et le voyage va être long jusqu'à Vienne.

Le mau égyptien émit un miaulement outré, aussi clair qu'un long discours : « Tu plaisantes, j'espère. »

– D'habitude, on lui donne des filets de merlan, signala Amy à Nellie Gomez, la « baby-sitter ».

Celle-ci ne se laissa pas attendrir.

– Tu connais le prix du poisson frais ? Faut surveiller nos dépenses. Qui sait combien de temps on va devoir parcourir le monde à la recherche de vos précieuses clés !

Saladin laissa échapper un *mrraw !* désapprobateur.

Dan Cahill, le petit frère d'Amy, leva le nez de sa partition musicale.

– Tout à fait d'accord avec toi, mon pote. C'est l'horreur ! On se retrouve dans le train le plus lent d'Europe, alors que nos adversaires voyagent en jet privé ! On va s'arrêter dans tous les bleds de France ?

– Non, répondit Nellie, pour être honnête, on va traverser tous les bleds d'Allemagne, puis tous les bleds d'Autriche. Écoutez, j'ai pris les billets les moins chers, d'accord ? Si j'ai accepté de jouer les baby-sitters dans cette expédition…

– Les accompagnatrices, rectifia Dan.

– … ce n'est pas pour qu'on laisse tomber parce que vous aurez tout dépensé en merlan et en billets de première classe, conclut Nellie.

– On apprécie vraiment ce que tu fais pour nous, lui assura Amy. Sans toi, jamais on n'aurait pu se lancer dans la course.

Il s'était passé tant de choses en deux semaines qu'elle en avait le vertige. « Nous qui n'étions que de pauvres orphelins, du jour au lendemain, nous avons appris que nous étions membres de la famille la plus puissante que l'histoire ait jamais connue ! Cousins de Benjamin Franklin, de Mozart, et mille autres génies, visionnaires ou hommes d'État. On n'était rien, et voilà qu'on a l'occasion de changer le monde… »

Tout cela grâce au défi que leur grand-mère Grace avait lancé à ses héritiers dans son testament. Pour une raison inconnue, le secret du pouvoir ancestral des Cahill s'était perdu... et ne pouvait être retrouvé qu'en rassemblant trente-neuf indices, disséminés sur toute la planète. Une chasse au trésor, en somme. Mais quelle chasse au trésor ! Avec pour terrain de jeu les cinq continents, et rien de moins que la domination du monde comme unique prix.

Mais à enjeu élevé, risques élevés. Les autres concurrents étaient prêts à tout pour gagner et on comptait déjà des victimes. « Et ça ne fait que commencer... » Amy regarda son frère, assis en face d'elle. « Dire qu'il y a deux semaines, on se disputait pour la télécommande... »

Dan ne semblait pas mesurer l'étrangeté de la situation. Il acceptait sans se poser de questions d'appartenir à la famille la plus puissante et la plus influente de l'histoire, comme s'il n'y avait rien de plus normal. Après tout, c'était plutôt flatteur ! D'ailleurs, il ne voyait aucune objection à rejoindre les rangs des grandes fortunes de ce monde. Le pauvre, à onze ans, il avait déjà perdu ses parents, avant de perdre sa grand-mère !

Dans la fièvre suscitée par la chasse au trésor, les enfants avaient à peine eu le temps de pleurer sa mort. Amy en était d'autant plus choquée qu'elles avaient été très proches. C'était pourtant Grace qui les avait embarqués dans cette histoire de fous. Parfois, la jeune fille ne savait plus quoi penser...

Elle secoua la tête pour chasser ces idées et se concentra sur son frère. Il examinait la partition à la recherche de signes cachés.

– Tu as trouvé quelque chose ? lui demanda-t-elle.

– Rien. Tu es sûre que ce guignol-là, Mozart, était bien un Cahill ? Prends Franklin, lui, il ne pouvait pas se moucher sans laisser un message codé dans son Kleenex. Mais cette partition, ce n'est que des notes et encore des notes !

Amy leva les yeux au ciel.

– « Ce guignol » ? Tu es vraiment stupide, ou tu le fais exprès ? Wolfgang Amadeus Mozart est un des plus grands compositeurs de musique classique de tous les temps !

– C'est bien ce que je disais. Trop nul.

– Et si on remplace les notes par les sept premières lettres de l'alphabet ? suggéra Nellie.

– Déjà essayé, répliqua Dan. J'ai même changé l'ordre des lettres au cas où ce serait une anagramme. Il faut voir les choses en face : on a failli se faire tuer pour un indice qui n'en est même pas un.

– C'est forcément un indice, insista Amy.

39 clés pour résoudre un mystère. Jamais concours n'avait été aussi prometteur... ni aussi dangereux. Dans la course au pouvoir absolu, la mort de deux orphelins américains ne pèserait pas lourd.

« Mais on n'est pas morts, songea Amy. On a même trouvé la première clé du mystère. » Elle était convaincue que Mozart les mènerait à la deuxième. La réponse se trouvait au bout de cette voie de chemin de fer, à Vienne, où le musicien avait vécu et composé les plus grandes symphonies de tous les temps.

Ils n'avaient plus qu'à espérer arriver les premiers.

– Je déteste la France, grommela Hamilton Holt en mordant dans un hamburger qui semblait minuscule comparé à son poing massif. On dirait que le pays entier est au régime !

La famille Holt se trouvait à la cafétéria d'une petite gare à trente kilomètres de Dijon. Ils avaient beau tenter de se faire passer pour des touristes, ils ressemblaient plutôt à une équipe de football américain ; y compris les jumelles, qui n'étaient pas plus âgées que Dan.

– Pense à la récompense, lui rappela son père, Eisenhower Holt. Quand on aura trouvé les 39 clés, on pourra dire adieu à ces rations pour bébé et faire la tournée des buffets à volonté chez nous. En attendant, il faut qu'on rattrape ces petits morveux de Cahill.

Madison fit la grimace :

– Il pique, ce sandwich !

– On est à Dijon, je te signale, lui rappela sa jumelle Reagan. La capitale mondiale de la moutarde !

Madison lui envoya son poing dans l'estomac. Le choc aurait fait flancher un rhinocéros, mais Reagan se contenta de lui tirer la langue. Il en fallait plus pour abattre une Holt.

– Du calme, les filles, intervint leur mère Mary-Todd d'un ton attendri. Je crois que j'entends le train.

La famille regarda l'antique locomotive diesel approcher lentement.

Madison fronça les sourcils.

– Je croyais qu'ils avaient des trains rapides en Europe.

– Ce sont des roublards, ces Cahill, répondit son père, exactement comme leurs parents. Ils ont choisi pile le train où on les aurait cherchés en dernier. Allez, en formation !

Les Holt étaient rodés aux formules militaires de leur père. D'accord, il avait été renvoyé de West Point[1], mais il avait vraiment le don de motiver ses troupes. Et rien ne les motivait plus que de prendre leur revanche sur leurs snobs de cousins. Grâce à ce concours, ils allaient prouver qu'ils méritaient le nom de Cahill autant que les autres. Ils seraient les premiers à rassembler tous les indices ; même s'il leur fallait réduire les autres en chair à pâtée.

Le train s'arrêta en crachotant et quelques passagers en descendirent. Ils étaient trop occupés à décharger leurs bagages pour remarquer les cinq catcheurs qui se hissèrent dans le dernier wagon. Les Holt étaient à bord !

Ils entreprirent de fouiller les voitures en remontant vers l'avant. Le plan était de rester discrets, un défi pour cette famille de géants. Des orteils furent écrasés, des voyageurs bousculés. Des regards venimeux furent échangés et des jurons fusèrent dans des langues diverses.

Dans le troisième wagon, Hamilton fit voler d'un coup de coude le chapeau d'une dame, qui laissa tomber

---

1. West Point est la plus prestigieuse école militaire américaine (NDT).

la cage posée sur ses genoux. Son occupant, un perroquet, se mit à protester en battant frénétiquement des ailes. Six rangées de sièges plus loin, Saladin, alerté par le raffut, sortit de sous le siège.

Amy se pencha pour voir ce qui l'intriguait...

– L-Les Ho-Ho...

Le stress la faisait toujours bégayer.

– Les Holt, souffla Dan, paniqué.

Coup de chance, ceux-ci étaient bloqués par la femme au chapeau, qui voulait ramasser sa cage. Vite, Dan enferma Saladin et la partition de musique dans le compartiment à bagages au-dessus de leurs têtes.

– Allez, on se presse, ma petite dame, s'impatientait Eisenhower.

C'est alors qu'il repéra Dan. Le colosse enjamba le perroquet et sa propriétaire. Tirant sa sœur par le bras, le garçon fila dans la direction opposée. D'un coup de pied, Nellie jeta son sac à dos dans les jambes d'Eisenhower qui s'étala de tout son long dans l'allée.

– Pardon, monsieur, désolée, dit la baby-sitter dans un français parfait.

Elle lui tendit une main secourable, qu'il repoussa. À court d'idées, elle s'assit sur lui.

– À quoi vous jouez ? hurla-t-il. Tous des dingues, ces Français !

– Elle n'est pas française, papa ! C'est la nounou des Cahill !

Sans effort, Hamilton souleva la jeune fille au pair et la cala sur son siège.

– Je vais hurler ! menaça Nellie.

– Essaie et je te balance par la fenêtre, riposta Hamilton.

Son ton neutre indiquait clairement qu'il en était tout à fait capable et qu'il ne demandait pas mieux.

Eisenhower se releva.

– Occupe-toi d'elle, Ham. Ne la quitte pas des yeux une seconde.

Il repartit, suivi de sa femme et de ses filles, chargeant tel un troupeau de tyrannosaures enragés.

Amy et Dan avaient franchi le soufflet du wagon-restaurant. Ils slalomèrent entre les clients, esquivant les plats fumants. Dan risqua un coup d'œil en arrière et vit le visage furibond d'Eisenhower apparaître dans le hublot de la portière.

D'un coup de coude, Dan attira l'attention d'un serveur :

– Vous voyez ce type ? Il dit que vous avez mis trop de poivre dans sa soupe !

Amy l'empoigna par le bras.

– Ce n'est pas le moment de plaisanter ! siffla-t-elle. Tu sais qu'ils sont dangereux !

Ils se ruèrent dans le wagon d'après.

– J'avais remarqué, répondit Dan. Crois-moi, si j'avais pu, je me serais caché dans le compartiment à bagages avec Saladin. Ils n'ont pas de service de sécurité dans ce train ? Il y a forcément une loi en France pour empêcher cinq hommes de Cro-Magnon de s'en prendre à deux malheureux innocents.

Amy le regarda, horrifiée :

– Pas question d'appeler la police ! On serait obligés d'expliquer qui on est et ce qu'on fait ici. Tu as oublié que les services sociaux sont à nos trousses à Boston ?

Elle ouvrit la portière d'accès et poussa son frère devant elle. Ils étaient dans le wagon postal, bourré de centaines de sacs de jute, sans compter des colis et des caisses de toutes les formes et de toutes les tailles.

– Amy, aide-moi...

Déjà, Dan commençait à entasser des paquets devant la porte.

Sa sœur comprit aussitôt. Ensemble, ils érigèrent une barricade de paquets et calèrent celui qui couronnait la pile – un jambon entier – sous la poignée. Dan testa son installation ; elle ne bougea pas.

Des cris montèrent de la voiture-restaurant. Les Holt n'étaient plus qu'à quelques mètres.

Amy et Dan foncèrent vers le wagon suivant en zigzaguant entre les colis. Amy pénétra dans le soufflet et voulut ouvrir la porte.

Verrouillée.

Elle cogna sur le verre rayé. De l'autre côté de la vitre, elle voyait la voiture réservée au personnel, équipée de banquettes et de couchettes, toutes vides. Elle tambourina de plus belle. En vain. Ils étaient faits comme des rats.

À l'autre bout du wagon, le visage carré d'Eisenhower apparut dans la lucarne. Lorsqu'il attaqua la porte à coups d'épaule, le train entier se mit à trembler.

– On est cousins, murmura Amy. Ils n'oseraient pas nous faire de mal...

– Ils ont failli nous enterrer vivants à Paris, lui rappela son frère.

Il ramassa un club de golf qui gisait par terre, enveloppé dans du papier kraft.

– Tu ne vas quand même pas te servir de ça…

À cet instant, Eisenhower Holt prit son élan et se jeta contre la porte. Dans un fracas assourdissant, celle-ci céda et la pile de paquets s'écroula.

Dan fut violemment projeté au sol, lâchant son arme de fortune.

– Dan ! s'écria Amy.

Folle de rage, elle s'empara du club qu'elle brisa sur le crâne d'Eisenhower. Le colosse accusa le coup, chancela et s'effondra sur un sac de courrier.

Dan se redressa, stupéfait :

– Waouh ! Tu l'as mis K-O !

Leur victoire fut de courte durée. Déjà, les Holt envahissaient le wagon.

Madison attrapa Amy par le col tandis que Reagan, sans ménagement, forçait Dan à se relever.

Ils étaient coincés.

2. Dispersion !

Mary-Todd s'agenouilla à côté de son mari.

– Mon canard en sucre ! Ça va aller ?

Eisenhower se redressa. Une bosse de la taille d'un œuf avait surgi au sommet de son crâne.

– Évidemment, parvint-il à articuler. Si tu crois qu'un moucheron va réussir à m'arrêter !

– Elle t'a quand même assommé avec une batte de base-ball ! souligna Reagan.

– Un club de golf, rectifia Dan.

Le blessé sauta sur ses pieds.

– Ça pourrait bien être tes dernières paroles, petit morveux ! vociféra Eisenhower en titubant.

Sa femme se précipita pour le soutenir, mais il la repoussa.

– Je te dis que ça va ! C'est le train qui tangue. Tu crois que je ne peux pas encaisser un coup ? C'est ce qu'ils disaient à l'armée, et regarde comme je suis en forme !

– Qu'est-ce que vous nous voulez ? intervint Amy.

– Voilà une bonne question ! approuva Mary-Todd. Donnez-nous la clé que vous avez trouvée à Paris et on vous laissera tranquilles.

– Et vous aurez de la chance de vous en tirer à si bon compte, ajouta son mari, en se frottant le crâne.

– On ne l'a plus, affirma Amy. Les Kabra nous l'ont prise.

– Ils vous ont pris la fiole, corrigea Madison, mais vous avez encore le papier.

Dan fit mine de ne pas comprendre.

– Quel papier ?

Eisenhower le souleva comme une plume.

– Écoute-moi bien, petit cloporte. Vous vous croyez malins parce que vous étiez les chouchous de Grace. Pour moi, vous n'êtes que des gamins casse-pieds !

Il resserra ses doigts de géant autour du cou de Dan. Celui-ci ouvrit la bouche comme un poisson, il suffoquait.

Il chercha le regard de sa sœur et n'y lut que le reflet de sa propre terreur. Elle était pétrifiée de peur. C'était facile de se moquer des Holt, avec leur physique d'armoire à glace, leur langage d'entraîneur sportif et leurs survêtements assortis. Mais là, la réalité s'imposait brutalement : ils avaient affaire à des ennemis redoutables qui ne reculeraient devant rien pour atteindre leur but.

Amy réagit enfin :

– Arrêtez ! On va vous donner ce que vous voulez !

– Je savais qu'ils craqueraient, ricana Madison.

– Voyons, ma puce, la rabroua sa mère. Amy a fait le bon choix. Tous les Cahill n'auraient pas cette sagesse.

Amy se précipita auprès de Dan qu'Eisenhower avait laissé choir sur un sac de courrier. Avec soulagement, elle vit le visage de son frère reprendre des couleurs.

– Il ne fallait pas céder, Amy ! lui reprocha-t-il, consterné.

– Grace n'aurait pas voulu qu'on se fasse tuer, lui chuchota-t-elle. On trouvera un autre moyen.

Les Holt les escortèrent jusqu'à leur wagon.

– Et pas d'entourloupe, gronda Eisenhower lorsqu'ils croisèrent un employé de la compagnie de chemins de fer.

Bon gré mal gré, les enfants Cahill regagnèrent leurs places. Hamilton bloquait toujours Nellie en l'écrasant de tout son poids contre la vitre.

– Ils ne vous ont pas fait de mal ? s'inquiéta la jeune fille au pair en les voyant arriver. Vous allez bien ?

– Très bien, répondit Amy d'un ton abattu.

Puis elle ajouta à l'adresse d'Eisenhower :

– Dans le compartiment à bagages.

Les Holt se bousculèrent pour l'ouvrir, libérant Saladin. Avec un miaulement indigné, le chat sauta à terre dans une pluie de confettis : tout ce qui restait de la partition de Mozart.

– Notre indice ! gémit Nellie.

– Votre indice ? rugit Eisenhower.

Il souleva le chat par les pattes arrière et le secoua comme un prunier.

Dans un hoquet, Saladin recracha une boule de papier mâché et de poils inexploitable. Eisenhower Holt laissa exploser sa fureur et provoqua la fuite de plusieurs voyageurs. Alerté par le vacarme, un contrôleur accourut en se frayant un chemin entre les passagers apeurés.

– Qu'est-ce qui se passe ? demanda-t-il à Eisenhower dans un anglais approximatif. Votre billet de train, s'il vous plaît.

– Vous appelez ça un train ? répliqua le géant furieux. Je ne laisserais pas mon cochon d'Inde voyager dans cette boîte d'allumettes à roulettes !

– Montrez-moi votre passeport, monsieur ! répliqua le contrôleur, écarlate. Au prochain arrêt, j'appelle le chef de gare !

– On ne va pas attendre jusque-là, riposta Eisenhower en collant le chat dans les bras d'Amy. Les Holt… dispersion !

Trois minutes après, par la fenêtre du train, Amy et Dan virent leurs cousins rouler sur le talus.

– Oh là ! souffla Nellie. Quelle bande de malades !

Amy était au bord des larmes.

– Je les hais ! À cause d'eux, on a perdu notre seule piste !

– Elle ne nous aurait pas menés bien loin, lui dit Dan. Ce n'était que de la musique !

– Non justement ! Avec un peu de temps, on aurait fini par décoder le message. On aurait pu jouer les

16

notes au piano, ça nous aurait peut-être fourni des indications.

– C'est les notes qui t'intéressent ? Il fallait le dire !

Il abaissa sa tablette, prit une serviette en papier et se mit au travail. Sous le regard stupéfait de sa sœur, il traça des lignes de portée et commença à les remplir.

– Mais tu n'as jamais appris le solfège ! s'étonna-t-elle.

– Et alors ? fit-il sans s'interrompre. J'ai passé des heures le nez collé sur ce charabia. Je le connais par cœur, crois-moi.

Amy ne discuta pas. Leur grand-mère avait souvent observé que Dan avait une mémoire photographique hors du commun. Se doutait-elle alors que ce don se révélerait un jour aussi précieux ?

À la frontière franco-allemande, Dan avait reproduit la partition dans ses moindres détails.

Saladin eut interdiction de s'en approcher.

En sortant de la gare de Vienne, Amy, Dan et Nellie ne pouvaient pas soupçonner qu'ils étaient surveillés. Pourtant, à bord d'une limousine noire garée sur le trottoir d'en face, Natalie Kabra épiait chacun de leurs gestes à la jumelle.

– Les voilà, annonça-t-elle à son frère Ian, assis à côté d'elle. Ils ont toujours l'air aussi fauchés. Tu as vu leurs bagages ? Un sac marin et des sacs à dos ! Ils ne peuvent pas être pauvres à ce point-là !

– Dire qu'ils prétendent s'appeler Cahill ! marmonna distraitement son frère, les yeux rivés sur son écran.

Par Internet, il affrontait aux échecs un superordinateur russe des environs de Vladivostok.

– Très mal joué, commenta-t-il après le coup de son adversaire. Je pensais que les ordinateurs étaient plus malins.

Agacée, sa sœur le rappela à l'ordre.

– Tu pourrais t'intéresser un peu à ce qui se passe ! Tu es peut-être un petit génie, mais on n'a pas encore gagné !

Son frère était trop sûr de lui et de ses capacités cérébrales. Or, dans certaines situations, le bon sens valait au moins autant que l'intelligence. Et sur ce point, Natalie ne pouvait compter que sur elle-même.

Ian sacrifia un pion en ricanant, prévoyant déjà un échec et mat sept coups plus tard.

– On a la fiole de Franklin. Les autres n'ont aucune chance. Et certainement pas ces deux gamins de l'assistance publique. La victoire est à nous !

– À condition de ne pas se surestimer, nuança Natalie. Attends… ils montent dans un taxi.

Elle frappa contre la cloison vitrée.

– Chauffeur, suivez cette voiture.

3. Le journal de Nannerl

– Trois lits dans dix mètres carrés. On dirait un placard ! râla Dan en pénétrant dans la chambre de l'hôtel Franz-Joseph.

– Elle est propre, le prix est raisonnable, ça me convient, répliqua Nellie.

– Moi, je dis qu'on aurait dû loger à l'hôtel Winner, l'hôtel des gagnants !

– C'est Wiener, et ça veut dire « viennois », corrigea la jeune fille au pair.

Amy posa Saladin, qui se mit à explorer la pièce comme s'il espérait y trouver un filet de merlan.

– Bon, nous voilà à Vienne, mais ça ne nous dit pas ce qu'on doit faire !

Dan sortit son ordinateur portable.

– Tu peux scruter la partition jusqu'à devenir aveugle si ça t'amuse, mais si la réponse existe, elle est sur Internet.

– Tu comptes toujours sur Google pour résoudre tous tes problèmes, marmonna sa sœur d'un ton supérieur.

– On peut au moins trouver des infos sur Mozart.

Il écarquilla les yeux.

– Trente-six millions de résultats ! Écoute ça : « Mozart, le Viennois le plus célèbre de tous les temps. » J'aurais pourtant parié que le type qui a inventé la viennoise au chocolat était plus connu que lui !

– Quel humour ! répliqua distraitement Nellie en regardant par la fenêtre. Vous savez que Vienne est une très belle ville ? Admirez un peu cette architecture. Si je me souviens bien, certains de ces monuments remontent au XIIIe siècle.

– Je crois que c'est la cathédrale Saint-Étienne, là-bas, ajouta Amy. Elle doit être aussi haute que les gratte-ciel qu'on a en Amérique !

À deux pas de là, un flot continu de voitures et de passants défilaient sur le boulevard animé de la Ringstrasse. Et à perte de vue, des façades de pierre finement sculptées, des gargouilles, des toits recouverts de feuille d'or luisaient au soleil.

Absorbé par ses recherches, Dan ne voyait rien de tout cela.

– Mince, j'ai recopié cette fichue partition pour rien. Tous les morceaux de Mozart sont reproduits sur Internet. Comment ça s'appelle, déjà, notre truc ?

Amy se pencha par-dessus son épaule.

– Le KV 617. C'est l'un des derniers morceaux qu'il a composés. Tiens… le voilà !

Dan examina la portée, sourcils froncés.

– Ouais, c'est bien ça… ou presque. C'est identique jusque-là… (Il montra le passage du doigt.) Mais ensuite…

Amy prit la serviette qu'il avait griffonnée dans le train et la tint à côté de l'écran.

– Ça change ?

– Regarde, fit Dan, il manque ces trois lignes-là sur Internet. Après, ça redevient pareil. Bizarre, non ?

Les yeux d'Amy étincelèrent.

– À moins que Mozart ait ajouté ces trois lignes sur sa partition avant de l'envoyer à Benjamin Franklin ! Le voilà, notre indice !

Dan n'eut pas l'air très impressionné.

– Et alors ? Ça ne nous dit pas comment décoder le message.

Amy soupira. Son frère était vraiment insupportable. Mais le plus horripilant, c'était qu'il avait souvent raison.

La maison de Mozart, au 5 de la Domgasse, abritait un musée consacré au célèbre compositeur. Situé dans la seule demeure viennoise du musicien qui n'ait pas disparu, il attirait de nombreux touristes. Même à neuf heures du matin, la queue atteignait presque le bout de la rue.

– Qu'est-ce qu'ils viennent faire là ? grogna Dan. On n'est pas à Disneyland !

Sa sœur leva les yeux au ciel.

– C'est ici que Mozart a vécu, tu imagines ? Son esprit doit encore imprégner les lieux ! Tant qu'on n'aura pas découvert le sens de notre indice, notre mission est d'en apprendre un maximum sur sa vie. On ne peut pas prévoir ni où ni quand on tombera sur quelque chose qui nous mettra sur la bonne voie.

– Et tu espères dénicher ça dans une vieille maison poussiéreuse ? ironisa Dan.

– Pourquoi pas ? Écoute, on sait que les Holt sont sur nos traces, et les autres ne doivent pas être loin derrière. Ils sont tous plus vieux, plus riches ou plus malins que nous. On n'a pas une seconde à perdre.

Hélas ! ils mirent quarante minutes à franchir la porte d'entrée. Si Dan n'avait guère apprécié l'attente, il trouva la suite encore plus pénible.

Ils piétinèrent dans l'appartement le long de cordons en velours rouge, au coude à coude avec des amateurs de musique émus et des touristes insupportables. Dan vit un Australien verser une larme, bouleversé par tous ces symboles de la vie du maestro.

On leur demanda en six langues différentes de ne toucher à rien. Au premier coup d'œil, les gardiens classèrent Dan dans la catégorie des sauvages susceptibles de saccager les lieux.

À chaque « ooh » et « ahh » des admirateurs de Mozart, il rentrait un peu plus la tête dans les épaules. Amy était tout aussi abattue. Elle inspecta chaque centimètre carré de mur en quête d'un signe, jusqu'à en avoir mal aux yeux. Enfin, elle dut se rendre à l'évidence : la maison de Mozart n'avait rien à cacher.

« Qu'est-ce que j'attendais, hein ? se demanda-t-elle. Un néon qui dirait : *Attention, indice derrière ce miroir* ? » Dans la vie, les choses n'étaient jamais aussi simples.

Dan poussa un soupir de soulagement lorsqu'ils se dirigèrent vers la sortie.

– Ouf, pas trop tôt. Au moins, Franklin inventait des trucs marrants. Alors que ce type passait ses journées à son bureau à écrire de la musique. Allez, on s'en va. J'ai besoin de respirer un peu d'air non mozartisé.

Amy acquiesça. Il était inutile de s'attarder.

– Autant rentrer à l'hôtel. Pourvu que Nellie ait pu convaincre Saladin de manger des croquettes !

– Si ça continue, on va devoir vendre les bijoux de Grace pour acheter du merlan, renchérit son frère d'un air inquiet.

Brusquement, Amy lui agrippa le bras.

– T'en fais pas, la rassura-t-il, tu pourras garder le collier...

– Regarde, il y a une bibliothèque au sous-sol ! s'écria-t-elle. Une bibliothèque sur Mozart !

– Amy, gémit son frère, tu ne peux pas me faire ça après ce que je viens de subir !

Mais lorsqu'elle entra dans les locaux sombres et poussiéreux du sous-sol, il était à ses côtés. Après tout, c'était souvent les bibliothèques qui leur avaient livré les informations les plus précieuses. En plus, s'ils repartaient bredouilles, il aurait enduré cette interminable visite pour rien !

On ne pouvait pas emprunter les livres. Un ordinateur préhistorique contenait la liste des documents à consulter sur place. Une fois qu'on avait fait son choix, il fallait remplir un formulaire et le remettre à une bibliothécaire qui aurait pu être la grand-mère de Mozart.

Quand vint leur tour, Amy prit place devant l'écran. Elle lança des recherches sur le KV 617, puis sur Benjamin Franklin. N'ayant rien trouvé de neuf, elle passa à la vie privée du compositeur. C'est alors qu'elle tomba sur la fiche de Maria Anna « Nannerl » Mozart.

– Mozart avait une grande sœur ! murmura-t-elle, tout excitée.

– Le pauvre ! compatit Dan.

– Grace m'avait parlé d'elle, reprit Amy. Nannerl était aussi douée que Wolfgang, mais, comme c'était une fille, elle n'a jamais eu droit aux leçons de musique, elle est restée dans l'ombre.

Dan se renfrogna. Sa sœur avait partagé tant de choses avec Grace… et pas lui !

Amy poursuivit ses recherches.

– Oh là là ! On peut consulter son journal intime !

– Je croyais qu'on s'intéressait à Mozart, pas à sa sœur, grommela Dan.

– Si Mozart était un Cahill, Nannerl l'était aussi. Et ce n'est pas tout. Prends notre cas, par exemple. Pour toi, tout ce qui s'est passé ce matin est déjà totalement flou, alors que je me souviens de chaque détail. C'était peut-être pareil pour eux.

– Vas-y, traite Mozart d'abruti et moi avec ! répliqua Dan, indigné.

– Pas du tout, mais le cerveau d'un garçon ne fonctionne pas de la même façon que celui d'une fille. Je parie que Nannerl a noté dans son journal des choses que Wolfgang n'aurait jamais remarquées.

Elle remplit rapidement le formulaire et le tendit à la bibliothécaire.

La vieille dame les dévisagea, étonnée.

– Ce journal est rédigé en allemand. Vous croyez que vous y comprendrez quelque chose, les enfants ?

– Euh…, bredouilla Amy, prise de court.

– On a vraiment besoin de le consulter, insista Dan.

Tandis que l'employée allait chercher l'ouvrage d'un pas traînant, il murmura à sa sœur :

– On y trouvera peut-être des trucs utiles : des dessins ou des notes secrètes, comme avec Franklin.

Amy approuva d'un hochement de tête. De toute façon, ils n'avaient pas d'autre piste.

L'attente fut interminable. Soudain, ils entendirent un cri étouffé et la vieille dame revint précipitamment, blanche comme un linge. Elle décrocha le téléphone d'une main tremblante, composa un numéro et se mit à parler, complètement affolée. Malgré la barrière de la langue, Amy et Dan identifièrent un mot qui ne présageait rien de bon : *Polizei*.

– Ça veut dire « police » ! souffla Amy.

– Elle a peut-être découvert qu'on était recherchés par les services sociaux de Boston ! chuchota Dan.

– Impossible ! On ne lui a même pas donné nos noms !

Ce fut la bibliothécaire qui mit fin au suspense en bafouillant :

– Excusez-moi… c'est une catastrophe ! Le journal de Nannerl a disparu ! Il a été volé !

4. Irruption dans la suite royale

Nellie Gomez n'avait jamais su s'y prendre avec les animaux et voilà qu'elle devait jouer les infirmières pour un chat qui faisait la grève de la faim. Elle éteignit son iPod, couvant Saladin d'un œil inquiet. Elle lui avait proposé toutes sortes de croquettes et de pâtées, mais il était têtu. La jeune fille au pair avait souvent entendu parler de l'étonnante force de caractère de Grace Cahill. De toute évidence, ce trait de personnalité avait déteint sur son chat.

Encore plus alarmant, il n'arrêtait pas de se gratter le cou. Elle le prit dans ses bras.

– Qu'est-ce qui t'arrive, mon minou ? Tu as des puces ?

Le temps de réaliser ce qu'elle venait de dire, et elle le reposa vivement. Parcourir le monde avec deux gamins pour une chasse au trésor aux enjeux historiques, c'était une chose, mais les puces, non merci !

Elle entendit la clé tourner dans la serrure. Amy et Dan entrèrent d'un pas traînant.

– La journée a mal commencé ? fit-elle en voyant leurs têtes.

– Oh ! on s'est éclatés, ironisa Dan. On a passé trois heures à visiter une vieille baraque vide et poussiéreuse. Et quand enfin on croyait avoir trouvé un document intéressant, on a appris qu'il avait été volé. Quelle bande de malades ! Ils étaient prêts à appeler l'armée pour un journal qui a dû être bouffé par les termites il y a des siècles !

– Les termites mangent le bois, pas le papier, rétorqua Amy d'un ton las.

Elle brandit un sachet bariolé.

– On a rapporté le déjeuner.

Nellie la dévisagea, stupéfaite.

– Des hamburgers ? On est en Autriche, le pays de l'escalope panée, de la choucroute, des asperges blanches, des meilleurs gâteaux du monde… et vous achetez un vulgaire sandwich américain ? Venant de Dan, rien ne m'étonne, mais toi, Amy ?

– Des asperges blanches ! grommela Dan. Comme si les vertes n'étaient pas assez infectes !

Il prit un hamburger, alluma la télé et s'affala sur le canapé. Le poste s'illumina. Lorsque l'image apparut sur l'écran, leurs mâchoires faillirent se décrocher. Un gamin d'une quinzaine d'années, avec un kilo de chaînes en argent clinquant autour du cou, tenait une conférence de presse devant une foule de journalistes et de fans qui buvaient ses paroles. Jonah Wizard !

Il leur souriait de toutes ses dents, aussi à l'aise qu'un poisson dans l'eau. Ce qui pouvait se comprendre : son dernier tube de rap passait sur toutes les radios, le monde entier connaissait son émission de télé, et on s'arrachait les sacs, les T-shirts et même les figurines à son effigie.

Non content d'être une star multimillionnaire, Jonah Wizard était aussi membre de la famille Cahill... et courait donc après les 39 clés.

Amy s'assombrit encore davantage. Leurs adversaires avaient tout pour eux : la gloire, la force physique, l'expérience et surtout beaucoup, beaucoup d'argent. Comment pouvaient-ils espérer lutter ? Elle plissa les yeux pour déchiffrer la date au bas de l'écran.

– L'interview a été enregistrée hier ! Qu'est-ce qu'il fabrique à Vienne ?

– Il est en tournée promotionnelle, l'informa Nellie. Le DVD *On est tous des rappeurs* sort cette semaine en Europe.

– Tu parles ! s'écria Dan. Il est là parce qu'il sait que la prochaine clé a un rapport avec Mozart.

– Ou alors, il est de mèche avec les Holt, suggéra la jeune fille au pair. Ils ont pu lui dire qu'on se rendait à Vienne.

Amy fixa l'écran. Cette rue lui était familière... Tout à coup, elle comprit.

– Dan... c'est la Domgasse !

Son frère se figea.

– C'est vrai ! Regarde… voilà la vieille bibliothécaire de la maison de Mozart, celle qui a ameuté les
forces spéciales pour son malheureux journal !

Nellie fronça les sourcils.

– Elle n'a pas franchement l'allure d'une fan de
rap.

Amy haussa les épaules.

– Bah, une star aussi célèbre attire les foules.

Elle s'arrêta net, avant de s'exclamer :

– Dites ! Et si Jonah n'avait pas choisi cet endroit-
là par hasard pour sa conférence de presse ? Si c'était
une diversion pour voler le journal de Nannerl ?

– Pas bête, reconnut Dan après un instant de
réflexion. Sauf qu'il ne pouvait pas être en train de
voler le journal, puisqu'il était devant les caméras !

Amy secoua la tête.

– Tu as déjà vu Jonah sans son père derrière lui,
avec ses deux portables et son ordi de poche ? Alors,
explique-moi où est passé papa Wizard…

– Pendant que Jonah détourne l'attention par une
conférence de presse, son père entre en douce dans la
maison de Mozart pour piquer le journal ! s'exclama
Dan. Tu as raison, Amy, il doit contenir des infos
importantes !

– Et maintenant il est aux mains de l'ennemi,
soupira-t-elle.

– Évidemment, admit Dan. On est arrivés un jour
trop tard. Cela dit…

Une étincelle s'alluma dans ses yeux.

– … qu'est-ce qui nous empêche de le leur
reprendre ?

– Une minute, protesta Nellie. Il y a une grosse différence entre chercher des indices et commettre un vol. Vous n'êtes pas des voyous.

– Mais Jonah et son père, si, argumenta Dan. Pour gagner, il faut employer les mêmes moyens.

Nellie ne se laissa pas convaincre.

– Tant que je serai votre baby-sitter…

– Jeune fille au pair, corrigea le garçon.

– … je ne vous laisserai pas basculer du côté obscur.

– Mais alors, on va perdre ! gémit-il.

– Ça me coûte de l'admettre, déclara Amy d'un ton solennel, mais Dan n'a pas tort. Je sais que c'est mal de voler, mais on ne peut pas se permettre d'avoir des scrupules, l'enjeu est trop important. Tu te rends compte ? On va changer le cours de l'histoire ! Changer le monde !

– M\ :superscript:`e` McIntyre a laissé entendre que ça *pourrait* être l'occasion de changer le cours de l'histoire, rectifia Nellie. Mais il vous a aussi dit de vous méfier de tout le monde… y compris de lui.

Amy s'efforça de retenir les larmes qui lui montaient aux yeux. Ce n'était pas le moment de pleurnicher.

– On n'a presque aucun souvenir de nos parents, on était encore tout petits quand ils sont morts. Grace était la seule personne qu'on avait au monde, et elle est morte aussi. Cette chasse au trésor, c'est tout ce qui nous reste. Si l'on veut avoir une chance de gagner, on n'a pas le choix : on doit aller chercher les indices là où ils se trouvent… même dans la poche des autres.

Comme Nellie ne répondait pas, Amy avala péniblement sa salive avant de reprendre :

– Toi, tu n'es pas une Cahill, si tu préfères laisser tomber, je comprendrai. On se débrouillera seuls.

Dan regarda sa sœur avec des yeux ronds. Sans Nellie, l'aventure devenait encore plus périlleuse. Pour chaque démarche à entreprendre, chaque frontière à franchir, chaque chambre à louer, la protection d'un adulte constituait une aide précieuse. Seuls, il leur faudrait une succession de miracles pour progresser d'un point à l'autre.

Nellie fixa les enfants. Elle connaissait bien le caractère impulsif de Dan, mais Amy était la fille de quatorze ans la plus raisonnable qu'elle ait jamais rencontrée. Une vague de tendresse la submergea.

– Tu espères pouvoir te débarrasser de moi aussi facilement ? Tu rêves ! Je ne vais pas vous laisser cambrioler la chambre d'une superstar sans moi. Approchez, on a un casse à préparer.

L'hôtel Royal Hapsburg était un ancien palais royal situé au cœur du quartier chic de la Landstrasse. L'éclairage de nuit mettait en valeur son marbre blanc et ses dorures.

– Comment savez-vous qu'il a pris une chambre ici ? demanda Dan.

– Facile : c'est l'endroit le plus snob et le plus cher de la ville, répondit Amy.

Elle désigna l'entrée somptueuse, fourmillant de journalistes et de photographes.

– Ça te suffit, comme preuve ?

– Jonah va sûrement répondre brièvement aux journalistes avant de filer à la soirée de lancement de son DVD dans les locaux d'Eurofun TV, fit Nellie. Quand il sera parti, on pourra tranquillement monter dans sa chambre.

À cet instant, une Rolls Royce blanche vint se garer devant l'entrée. Une vague d'agitation parcourut la foule des journalistes, et le chanteur émergea de l'hôtel, talonné comme toujours par son père.

Les flashes crépitèrent dans la nuit.

– Cachez-vous ! siffla Amy.

Réfugiés derrière un kiosque à journaux, ils virent Jonah s'adresser à la foule :

– Alors, ça roule ? Sympa d'être là, les mecs ! Cool...

Son père tapait frénétiquement sur le clavier de son portable, sans doute pour faire profiter le reste de la planète des déclarations fracassantes de son fils.

La mêlée des journalistes commença à mitrailler la star de questions.

– Jonah, peut-on s'attendre à des surprises sur la version européenne du DVD ?

– Est-il exact que vous avez une aventure avec Miley Cyrus ?

– Êtes-vous au courant que votre figurine « ceinture noire de kung-fu » n'est pas conforme aux normes de sécurité ?

Jonah répondait dans son style habituel, toujours très décontracté. Amy avait beau ne pas l'aimer, elle ne pouvait qu'admirer son aisance. Il savait trouver les mots pour séduire la presse. « Tout le contraire de moi », songea-t-elle. La simple idée de parler en public la terrifiait.

– Jonah, lança un journaliste, vous êtes au sommet de la gloire à quinze ans seulement. Vous n'avez pas peur de ne pas pouvoir monter plus haut ?

Jonah sourit.

– Relax, man. Qui a dit que j'étais au sommet ? Je ne suis pas le *number one* dans cet hôtel. Y a aussi le grand-duc du Luxembourg. Être de sang royal, c'est encore mieux qu'avoir sa tête sur un T-shirt, non ?

– On y va, grommela Nellie. Une telle modestie, ça me donne la nausée.

Tandis que Jonah continuait à charmer la foule, le trio tourna discrètement à l'angle de l'immeuble et pénétra dans l'hôtel par une porte de service.

– Venez par ici, fit Nellie en désignant un écriteau. C'est écrit « Réservé aux employés ».

– Tu parles allemand ? s'étonna Amy.

– Disons que je comprends les formules de base, répondit la jeune fille au pair. Tenez, le monte-charge est là.

L'engin les conduisit au sous-sol, constitué d'un labyrinthe de couloirs.

À chaque tournant, Amy craignait de voir surgir quelqu'un.

– C'est normal qu'il n'y ait personne ? finit-elle par demander.

– Ce doit être plus calme en soirée, supposa Nellie. Bingo !

Elle les entraîna dans une sorte de vestiaire, où elle prit un uniforme de femme de chambre et se glissa derrière un paravent pour se changer.

– Tu devrais peut-être enlever ton piercing, conseilla Amy.

– Et puis quoi encore ? répliqua-t-elle. Une pincée de rock, ça ne leur fera pas de mal, à ces vieux schnocks. Allez, en route.

Elle fourra ses vêtements au fond d'un panier de linge, y fit grimper Amy et Dan, puis poussa le chariot vers le monte-charge.

– Comment on va trouver sa chambre ? demanda Dan, d'une voix étouffée par les draps.

– La suite royale, bien sûr, chuchota Nellie. Ce petit frimeur a forcément exigé la plus belle. Silence, maintenant. Les draps ne parlent pas.

L'ascenseur les mena au dix-septième et dernier étage. Nellie stoppa le chariot devant la porte de la suite 1700, ornée d'une moulure dorée en forme de couronne. Sachant les Wizard absents pour la soirée, elle prit la carte magnétique sur son socle et l'inséra tranquillement dans le lecteur.

Un bip, une lumière verte… et la porte s'ouvrit.

– Waouh ! souffla Nellie. Voilà donc à quoi ressemble une chambre de star.

La suite était digne d'un palais : canapés et fauteuils profonds en velours moelleux, lampes délicates et vases en porcelaine, le tout respirant le luxe et l'opulence.

Nellie plongeait le bras dans le chariot pour en extraire ses protégés, lorsqu'une voix demanda avec un fort accent :

– Les femmes de chambre ne sont-elles pas censées frapper avant d'entrer dans la suite de Son Altesse ?

5. Pris en flagrant délit !

Stupéfaite, Nellie repoussa vivement la tête de ses passagers clandestins sous les draps.

– Hum… toutes mes excuses, bafouilla-t-elle. Je croyais que la chambre était vide. J'apporte des serviettes propres pour Jonah Wizard.

– Mais, chère demoiselle, vous êtes dans la suite de Son Altesse le grand-duc du Luxembourg.

L'homme prit une expression légèrement méprisante pour ajouter :

– L'acteur de télévision américain loge dans la suite de l'étage inférieur… et j'ajouterai qu'il l'a très mal pris.

Nellie recula en tirant son chariot.

– Désolée, monsieur, je m'en vais.

– Un instant, s'il vous plaît. Puisque vous êtes là, la chambre de Son Altesse aurait besoin d'être un peu rafraîchie.

– C'est que… on m'a dit d'aller chez les Wizard.

– Cela ne vous prendra qu'une minute ! Quelques petits détails réclament votre attention. Si vous voulez bien me suivre dans la salle de bains…

– Tout de suite, lança-t-elle dans son dos.

Elle se pencha au-dessus du chariot, fourra la carte magnétique dans la première main qu'elle trouva et murmura :

– Dès que vous entendrez ma voix dans la pièce d'à côté, filez !

– Et toi ? chuchota Amy.

– Je me débrouillerai. Vous, dénichez le journal. On se retrouve à l'hôtel Franz-Joseph. Et soyez prudents !

Là-dessus, elle disparut. Une minute plus tard, ils l'entendirent qui disait bien fort :

– Cette salle de bains est plus grande que mon appartement !

Les draps volèrent, et les enfants émergèrent du chariot pour se faufiler dans le couloir. Ils dévalèrent l'escalier jusqu'à l'étage du dessous.

La porte de la suite 1600 était identique à celle du grand-duc, la couronne en moins.

– Pauvre Jonah, privé de suite royale ! Quelle humiliation ! ironisa Amy tandis qu'ils ouvraient avec la carte magnétique.

Cependant les appartements du rappeur étaient aussi luxueux que ceux du grand-duc. Le sol de marbre étincelait, réchauffé par d'épais tapis de soie. Tout était assorti, jusqu'au moindre petit cendrier.

– À côté, notre appart' de Boston est une cabane à outils, commenta Dan.

Amy soupira.

– Je n'aimerais pas mener ce genre de vie, mais ça me rend dingue de voir à quel point l'argent facilite la vie de nos adversaires. Ça leur ouvre beaucoup de portes qu'on va être obligés de contourner. Ils ont un réel avantage sur nous.

– D'où l'intérêt de savoir tricher, rétorqua-t-il en promenant les yeux sur le salon monumental. Bon, si j'étais un rappeur aux poches bourrées de dollars, où est-ce que j'irais cacher ce fameux journal ?

Ils passèrent la suite au peigne fin, cherchèrent sous les coussins, derrière les rideaux, au fond des armoires.

– Hé, viens voir ! lança soudain Dan.

Il sortit d'un petit carton une figurine en plastique d'une quinzaine de centimètres qui représentait Jonah Wizard en jean et veste en cuir.

– Pas très ressemblant, commenta-t-il. Il est bien plus moche en vrai.

– Range ça ! siffla Amy en inspectant le contenu d'un tiroir. On est déjà entrés chez lui par effraction ; on ne va pas en plus lui piquer ses gadgets idiots !

– C'est pour ma collec' ! protesta Dan. Il en a une boîte pleine ! Tiens… voilà la ceinture noire de kung-fu.

Lorsqu'il appuya sur un bouton dans le dos de la figurine, le poing miniature se referma d'un coup sec.

– Hou là ! Pas étonnant qu'il soit interdit ! C'est dangereux, ce bidule !

41

– Regarde ! s'exclama Amy, les yeux brillants.

Elle retourna le jouet. Une fois le mécanisme activé, une suite de lettres et de chiffres s'allumait à l'arrière de la tête en plastique.

– GR63K1 ! lut-elle, le souffle court. On dirait un code !

Dan lui rit au nez.

– Pour une élève modèle, tu peux encore faire des progrès. Évidemment, c'est un code… pour télécharger un économiseur d'écran gratuit sur le site de Jonah Wizard ! La pub passe quinze fois par jour sur Eurofun TV !

Amy devint écarlate.

– Que veux-tu ? Je ne passe pas ma vie devant la télé, moi.

Elle reprit ses recherches. Dan fourra le gadget dans sa poche et l'imita.

La suite comprenait cinq pièces : un salon, deux chambres, une salle de bains et une cuisine. Ils inspectèrent le moindre centimètre carré, sans résultat. La chambre principale disposait d'un coffre-fort, mais celui-ci était ouvert et vide. Un examen approfondi de la cuisine et du minibar ne donna rien de plus.

– Et s'il l'avait pris avec lui ? demanda soudain Dan.

Sa sœur secoua la tête.

– Il n'emporterait pas un objet volé dans une soirée où toutes les caméras seront braquées sur lui. Non, le journal est ici. Reste à trouver où.

– On n'y voit rien, ici ! s'impatienta Dan. C'est quoi, cette manie de mettre dix épaisseurs de rideaux aux fenêtres ?

Il appuya sur un interrupteur et un énorme lustre s'illumina au-dessus de leurs têtes.

Amy et Dan cessèrent de respirer. Les guirlandes de cristal formaient une corbeille, et dedans une forme rectangulaire se dessinait distinctement.

– Le journal ! soufflèrent-ils en chœur.

Le garçon saisit une chaise.

– Pas assez haut ! objecta sa sœur. Viens m'aider à déplacer la table.

Ils soulevèrent le lourd meuble en verre et le transportèrent sous le lustre. Dan grimpa dessus, mais il manquait encore quelques centimètres.

Deux minutes plus tard, ils avaient bâti une pyramide en empilant la chaise sur la table et des annuaires sur la chaise. Dan était perché au sommet et Amy maintenait le tout. Sur la pointe des pieds, son frère passa la main entre les guirlandes de cristal et chercha le journal à tâtons. Ses doigts frôlèrent la couverture de cuir.

– Je l'ai !

Il tenait le journal de Maria Anna « Nannerl » Mozart.

« Ce poste de jeune fille au pair pour les Cahill est décidément riche en expériences inédites », pensa Nelly. La voilà obligée de récurer les toilettes d'un grand-duc, à quatre pattes dans une salle de bains en marbre.

« C'est déjà plus blanc que blanc ! », grommela intérieurement Nellie. Les héritiers de sang royal devaient détecter des taches invisibles aux yeux du commun des mortels.

Elle n'était pas sûre qu'Amy et Dan aient eu le temps d'accomplir leur mission, sinon elle aurait cessé cette comédie pour assommer l'assistant du grand-duc avec la balayette des toilettes.

Elle se rembrunit en envisageant un scénario-catastrophe : les enfants pris en flagrant délit, arrêtés par la police.

Une voix sèche la tira de ses pensées :

– Que fabriquez-vous dans cette suite, Fräulein ? Vous ne faites pas partie du personnel.

La gorge nouée, Nellie se retourna. À côté de l'assistant du grand-duc se tenait un majordome en uniforme. Elle tenta de bluffer.

– Bien sûr que si ! Vous croyez que je rentre en douce dans les hôtels pour le plaisir de nettoyer les toilettes ?

– Vous n'êtes pas une de nos employées, persista-t-il.

– Parce que vous les connaissez toutes ?

– Non, admit-il, mais les piercings sont interdits par le règlement. Suivez-moi.

Nellie réfléchit à toute vitesse. Elle n'avait pas idée de ce qu'elle risquait. Si elle se faisait expulser d'Autriche, que deviendraient Amy et Dan ?

– C'est bon, j'avoue. Je me suis trompée de chambre. J'essayais d'entrer dans la suite de Jonah Wizard. Je suis une de ses plus grandes fans, vous comprenez ? Il faut absolument que je le voie !

L'homme la fixa dans les yeux, cherchant à détecter si elle était sincère.

– Et vous agissez seule ? Personne n'est entré avec vous pour commettre ce délit ?

– Toute seule, comme une grande, assura-t-elle,

44

peut-être un peu vite. Et ce n'est pas un délit d'adorer Jonah Wizard. C'est le plus cool, le plus...

Un fracas monstrueux retentit sous leurs pieds, ébranlant tout l'immeuble. Le gardien foudroya Nellie du regard.

– Ça vient de la suite des Wizard ! J'espère que vous n'êtes pas mêlée à cette affaire, Fräulein, ou vous allez découvrir une autre facette de l'hospitalité autrichienne.

– Dan ! Ça va ?

Le garçon était allongé par terre au milieu des débris.

Il s'assit en grognant, le journal coincé sous le bras.

– Qu'est-ce qui s'est passé ? demanda-t-il.

– Je ne sais pas trop...

Amy l'aida à se relever en l'examinant.

– Soit la chaise s'est brisée et nous a fait tomber sur la table, soit la table s'est cassée en premier, et la chaise dans la foulée. Mais peu importe, filons d'ici ! La moitié de l'hôtel a dû entendre le vacarme.

Ils sortaient de la suite lorsqu'un type en uniforme jaillit de la cage d'escalier, tirant Nellie derrière lui.

Inutile de jouer les innocents. Par la porte entrouverte derrière eux, on apercevait le désastre. Ils prirent donc leurs jambes à leur cou et tournèrent au bout du couloir. L'agent de sécurité allait se lancer à leur poursuite quand Nellie le retint par le bras.

– Attendez ! Jonah baigne peut-être dans son sang au milieu de sa chambre !

– Il n'est même pas dans l'hôtel, espèce d'idiote ! répliqua l'homme, furieux.

Il prit le talkie-walkie accroché à sa ceinture et se mit à parler à la vitesse d'une mitraillette. Nellie sentit son estomac se nouer. Il demandait qu'on place des vigiles devant les ascenseurs et au bas des escaliers.

Amy et Dan étaient piégés.

6. Au bord de la crise de nerfs

Amy et Dan passèrent en courant devant l'ascenseur, juste au moment où il s'ouvrait. Amy poussa son frère dans la cabine. Elle appuya sur 0 et l'ascenseur se mit en route. Ils en profitèrent pour reprendre leur souffle, en suivant d'un œil anxieux la lumière rouge qui indiquait leur descente.

Pris d'un soudaine inspitation, Dan pressa le 1 en expliquant d'une voix tendue :

– On risque d'être attendus au rez-de-chaussée.

– Mais on ne pourra pas sortir par le premier étage ! objecta sa sœur.

– C'est ce qu'on va voir.

Le premier étage était occupé par une multitude de salles de bal et de conférence.

– Tu m'expliques comment on fait, maintenant ? demanda Amy, au bord de la crise de nerfs.

– On saute, décida-t-il en lui montrant le perron de l'hôtel à travers une porte-fenêtre.

– Tu as perdu la tête !

Néanmoins, elle le suivit sur un étroit balcon en pierre en gémissant :

– Je ne saute pas. On va se casser les deux jambes !

– Regarde ! ordonna Dan.

Deux mètres plus bas, un large auvent de toile abritait l'entrée du palace.

Le garçon passa une jambe par-dessus la rambarde.

– C'est moins haut que le grand plongeoir à la piscine, assura-t-il.

– Sauf qu'il n'y a pas d'eau en dessous.

Dan se jeta dans le vide. Amy le suivit des yeux, horrifiée, craignant de le voir passer à travers la toile et s'écraser par terre. Mais l'auvent tint bon. Son frère lui adressa un sourire triomphant et se laissa glisser le long d'un poteau jusqu'au trottoir, d'où il lui fit signe en agitant le journal de Nannerl.

Amy n'avait jamais eu peur d'autant de choses à la fois : peur d'être capturée ; peur pour Nellie, pour son frère qui était complètement inconscient... et surtout peur de se lancer du premier étage sur une fragile bâche tendue.

– Allez ! l'encouragea Dan.

« Je ne peux pas... Je ne peux pas... »

Amy fut submergée par la honte. L'avenir de la planète était en jeu et elle n'avait pas le cran de sauter de deux mètres. Sa grand-mère s'était trompée sur elle. Elle n'était pas à la hauteur.

« Pardon, Grace... »

Cette pensée lui donna la force de réagir. Avant de l'avoir vraiment décidé, elle se jeta dans le vide. Elle rebondit sur la toile comme une trapéziste dans son filet de sécurité. Quelques secondes plus tard, avec l'aide de Dan, elle était dans la rue.

Dans le taxi qui les ramenait à leur hôtel, ils ouvrirent à peine la bouche.

– Et Nellie..., commença Dan.

– Je ne sais pas, le coupa sa sœur.

Leur chambre d'hôtel leur parut encore plus petite et miteuse, après les dorures du Royal Hapsburg. L'accueil de Saladin ne fit rien pour leur remonter le moral. Il s'obstinait à refuser les croquettes pour chat, qu'il avait éparpillées partout sur la moquette. Une odeur de poisson pourri flottait dans la pièce. En outre, il se grattait plus que jamais et il commençait à avoir une plaque sans poils dans le cou.

Amy et Dan étaient épuisés, mais ils n'avaient pas envie de dormir. Ils étaient trop inquiets pour Nellie. La chasse au trésor les avait tellement absorbés qu'ils n'avaient pas mesuré tout ce qu'elle avait abandonné pour les suivre. Elle avait mis sa vie entre parenthèses, parcouru des milliers de kilomètres, et même payé de sa poche une bonne partie de leurs dépenses.

Maintenant, Nellie avait disparu, sans doute arrêtée par la police. Et ils ne pouvaient rien faire d'autre qu'attendre, impuissants.

À deux heures du matin, ils regardaient une série en allemand à la télé lorsqu'on frappa à la porte. Ils sursautèrent et se bousculèrent pour courir ouvrir.

– Enfin ! s'écria Amy.

Mais ce n'était pas Nellie. Elle se retrouvait nez à nez avec l'une de leurs plus terribles adversaires : leur cousine Irina Spasky !

L'ancienne espionne des services secrets russes alla droit au but.

– Votre nounou a été arrêtée par la police.

Dan se hérissa.

– Comment le savez-vous ?

Irina lui adressa ce qui, chez elle, devait faire office de sourire.

– J'ai escorté un convoi clandestin de plutonium à usage militaire dans un tunnel sous le mur de Berlin, alors voir ce qui se passe derrière la vitre d'une voiture de police, c'est un jeu d'enfant pour moi. Mais si vous n'avez pas besoin de mon aide...

– Vous pouvez aider Nellie ? s'écria Amy. Comment ?

– Peu importe comment, du moment qu'elle est relâchée, n'est-ce pas ? fit Irina d'une voix sèche.

– Oui, oui, bien sûr, s'empressa de confirmer Amy. Si elle est libérée, c'est le principal... Merci !

– Je ne me contenterai pas d'un simple merci. Je pensais plutôt à l'objet que vous avez « trouvé » dans la chambre de notre insupportable cousin Wizard.

– Pas question, répliqua vivement Dan.

Irina se tourna vers Amy.

– Tu ne devrais pas laisser ce jeune insolent répondre à ta place. Tu ne devrais même pas le laisser parler. En Russie, on utilisait du ruban adhésif pour faire taire les bavards. C'est bon marché et très efficace.

Amy se mordit les lèvres. Ils avaient obtenu ce journal au péril de leur vie, et l'intérêt qu'Irina lui portait prouvait son importance. Mais ils ne pouvaient pas abandonner Nellie à son sort. Si leur cousine avait les moyens de la libérer, ils étaient forcés d'accepter le marché.

– Je vais le chercher, fit-elle, résignée.

– Non, j'y vais, soupira Dan.

Sa sœur, un peu surprise, le vit se diriger vers son sac à dos près de la table de nuit. Au lieu de prendre le journal de Nannerl, il plongea la main dans la poche de sa veste et en sortit la figurine de kung-fu.

« Il essaie de la rouler ! », comprit-elle, terrifiée. Son frère tendit le jouet à Irina, qui ne fit aucun geste pour s'en saisir.

– Un jouet pour enfant ? C'est une plaisanterie ?

Dan haussa les épaules.

– Vous vouliez ce qu'on a trouvé dans la chambre de Jonah ; je vous le donne.

Sa sœur le fixa d'un air implorant.

« Non ! avait-elle envie de crier. Ne fais pas le malin ! »

– Ça ressemble à un jouet, poursuivit-il, mais regardez de plus près.

Il positionna la main miniature autour du petit doigt de l'ex-espionne et appuya sur le bouton.

Les yeux brillants, Irina fixa le crâne en plastique, où le code était apparu.

Elle lui arracha le gadget des mains.

– Assez rudimentaire mais efficace, reconnut-elle, en voyant son doigt comprimé gonfler à vue d'œil. Nous avions un système assez semblable en Russie. Vous reverrez bientôt votre nounou.

Et elle s'en alla aussi soudainement qu'elle était apparue. Amy dévisagea son frère.

– Je n'en reviens pas que tu aies fait ça ! Et si elle avait su, pour le journal ?

– Elle ne savait pas, éluda Dan.

– Elle aurait pu ! Elle aurait pu voir la pub à la télé et être au courant, pour le code !

– Ça m'étonnerait qu'elle regarde beaucoup les chaînes pour enfants, répliqua-t-il, imperturbable.

– Tu as arnaqué une espionne russe ! Tu as failli faire tuer Nellie, et nous avec !

– Tu as fini de me hurler dessus pour des trucs qui ne sont pas arrivés ? Ça a marché, je te signale ! On a gardé le journal et Irina va faire sortir Nellie de prison. Dis, tu crois que ce sera une vraie évasion ?

– Franchement, je ne veux pas savoir de quoi est capable une espionne russe, avoua Amy. Si elle peut embobiner la police autrichienne, elle peut aussi la retourner contre nous n'importe quand.

Dan ne put s'empêcher de sourire.

– En attendant, ce soir, on l'a bien eue ! Ça se fête, non ?

– Qu'est-ce qui se fête ? demanda une voix lasse sur le seuil.

– Nellie !!!

Amy se jeta au cou de la jeune fille. Puis elle recula d'un pas, les sourcils froncés.

– Comment Irina s'est-elle débrouillée pour te faire libérer aussi vite ? Elle était ici il y a moins de cinq minutes.

– Elle n'y est pour rien, répondit Nellie. La police m'a relâchée. J'ai réussi à les convaincre que j'étais une fan hystérique de Jonah Wizard. Apparemment, l'hôtel en est truffé. Il y a même deux crétins qui ont sauté du balcon du premier. Vous imaginez ?

– Comme si on y était, marmonna Amy.

– Quelle sale menteuse, cette Irina ! fulmina Dan. Je n'en reviens pas...

– Bon, la nuit a été longue, dit Nellie dans un bâillement. Comme ces pingouins de l'hôtel tenaient absolument à récupérer leur précieux uniforme de femme de chambre, les flics m'ont ramenée là-bas pour que je le leur rende. Ensuite, pour ne pas mettre la police sur notre piste, je me suis fait déposer à l'hôtel Wiener et je suis rentrée à pied. Mais tout va bien : sur vingt minutes de trajet, je n'ai marché qu'un quart d'heure sous la flotte.

Elle s'essuya le front sur sa manche.

– C'est moi, ou ça sent le poisson, ici ?

– Au fait, on a le journal ! lui annonça Amy. On devrait dormir un peu et l'étudier demain matin. On sait que les Holt, Irina et Jonah sont à un cheveu derrière nous. On a intérêt à ne pas traîner si l'on veut garder notre avance.

Lorsque les Wizard père et fils entrèrent dans leur suite après leur soirée mondaine, ils tombèrent sur une équipe de nettoyage en train de balayer les débris. Quelques guirlandes de cristal pendouillaient lamentablement du lustre.

– Vous nous aviez promis une sécurité maximum ! brailla M. Wizard dans les oreilles du directeur, qui était sorti de son lit pour leur présenter ses excuses.

– Rassurez-vous, ce n'était qu'une jeune fille transie d'amour, répondit celui-ci d'un ton apaisant. Votre fils produit souvent cet effet sur les demoiselles ?

Les Wizard ne crurent pas un instant que le journal de Nannerl Mozart avait été volé par une fan. Ce forfait était l'œuvre d'un Cahill, l'un de leurs adversaires dans la course aux 39 clés.

– Vous pouvez me la décrire, cette fille ? demanda Jonah.

Le directeur brandit une photo d'identité prise par les services de police. Jonah fronça les sourcils. Quand on est adulé par le monde entier, on a vite fait d'oublier les visages des gens insignifiants. Pourtant, cette fille lui disait quelque chose. Où l'avait-il vue ?

Puis il remarqua son piercing. La nounou des Cahill ! Nancy... Nanny... quelque chose comme ça.

Donc, Amy et Dan étaient à Vienne. Pire, ils avaient un train d'avance sur lui. Quel que soit le domaine, Jonah Wizard n'aimait pas être relégué en deuxième position. Ni dans l'audimat ni dans les hit-parades, et encore moins dans une chasse au trésor. « Quand on est au sommet, ça donne confiance en soi. Avoir confiance en soi, ça donne de l'assurance. Et l'assurance, c'est ce qui maintient au sommet. »

Un léger doute s'insinua dans son esprit. OK, il était numéro 1 partout et dominait toute l'industrie du divertissement. Et son succès était mérité. Il l'avait gagné à la sueur de son front, grâce à son talent et son charme irrésistible. Mais aurait-il atteint ces sommets sans l'aide de maman Wizard, qui connaissait tous les gens importants ?

La mégastar fit la grimace. Au premier obstacle, il commençait déjà à se remettre en cause. Voilà pourquoi il lui fallait toujours rester vigilant !

« Si on perd – rien qu'une fois –, on prend la pente descendante. Et le temps de comprendre ce qui se passe, on est devenu un loser. »

Il ne pouvait laisser ces deux-là garder l'avantage.

Par chance, il savait quelque chose qu'Amy et Dan ignoraient à propos de ce fameux journal.

7. « L'endroit où je suis né »

Dan n'aimait pas vraiment lire – surtout pas un journal intime écrit en allemand et par une fille, qui plus est. Il entreprit d'attirer Saladin avec une boîte de thon, pendant qu'Amy et Nellie se penchaient sur l'écriture fleurie de Maria Anna Mozart.

– Alors ? leur lança-t-il au bout d'un moment.

– C'est trop triste ! répondit Amy. Nannerl était l'une des plus grandes musiciennes de son temps, aussi brillante que son frère. Mais à l'époque, les filles étaient censées se marier, avoir des enfants et s'occuper de la maison. Du coup, elle n'a jamais pu développer son talent. Elle est restée dans l'ombre.

– Je n'avais jamais entendu parler de son frère non plus avant cette chasse au trésor, fit Dan d'un ton détaché. En revanche, j'ai vu *Beethoven*, le film avec le saint-bernard…

Amy lui jeta un regard noir.

– Ça ne t'empêche pas de connaître sa musique. Quand tu étais petit, tu adorais la berceuse de Mozart. C'était ta préférée.

– La musique, je m'en fiche ! Vous avez trouvé des indices ?

Sa sœur secoua la tête.

– Pas de notes gribouillées en marge ni rien de ce genre.

– Tiens, une lettre de Wolfgang, annonça Nellie. Apparemment, il parle de démissionner d'un emploi. Il écrit qu'il utiliserait volontiers son contrat comme papier toilette.

– C'est vrai ? fit Dan, soudain intéressé. Mozart a dit ça ? Montre !

– C'est écrit en allemand, nunuche, répliqua sa sœur. Eux aussi, ils ont un mot pour « papier toilette ».

– Possible, mais je ne l'imaginais pas sous la plume d'un gars aussi classe que Mozart.

– Attendez, s'exclama Amy, alarmée.

Elle examina la reliure, sourcils froncés.

– Il manque des pages ! Au moins deux. Regardez !

Tous trois inspectèrent le journal avec attention. Elle avait raison. Le voleur avait soigneusement dissimulé son forfait : les pages avaient été coupées à ras, à l'aide d'une lame aiguisée. L'opération était à peine visible.

– Vous croyez que c'est un coup de Jonah Wizard ? demanda Dan.

– Je ne pense pas, répondit sa sœur. Pourquoi s'embêter à cacher le journal dans un lustre s'il en avait déjà retiré les passages importants ?

– Pour brouiller les pistes ? suggéra-t-il.

Amy n'était pas convaincue.

– Mouais, ces pages ont pu être coupées n'importe quand au cours des deux cents dernières années. Nannerl les a peut-être arrachées elle-même parce qu'elle avait fait une tache d'encre.

– Sans vouloir vous vexer, intervint Nellie, je ne suis pas dans la famille depuis longtemps, mais je sais reconnaître la patte des Cahill. Je n'ai jamais vu une bande de crapules pareille.

– Elle a raison, approuva Dan d'un ton lugubre. Chaque fois qu'on croit faire un pas en avant, c'est pour découvrir qu'on a été devancés.

– Du calme, lui dit Amy. L'indice ne se trouve pas dans le journal mais sur la partition. Et c'est nous qui l'avons. J'ai vu un piano en bas. Allons-y.

Ils formaient un charmant tableau : une jeune fille au piano avec son petit frère à ses côtés. Et quelle importance si la partition était griffonnée sur une serviette en papier… et si la pianiste faisait des fausses notes ?

– Cette brave tante Béatrice, murmura Amy à Dan. Dire qu'elle m'a fait arrêter mes cours de piano pour économiser quelques centimes.

Tante Béatrice, la sœur de Grace, était leur tutrice légale, mais elle ne s'était jamais vraiment occupée d'eux.

– Joue le passage qui manquait sur Internet, suggéra Dan. On ne sait jamais, peut-être qu'une trappe va s'ouvrir sous nos pieds ou qu'on va être frappés par un éclair du génie de Mozart.

Amy s'exécuta. C'était un air léger, joyeux, très différent du morceau sérieux qui précédait. Bientôt, une femme les rejoignit et se mit à chanter en allemand. De toute évidence, la mélodie lui était familière et elle était heureuse de l'entendre.

– Vous connaissez cette chanson ? s'étonna Amy. C'est du Mozart ?

– *Nein*... pas Mozart. Il s'agit d'une vieille chanson autrichienne, *Der Ort, wo ich geboren war*, ce qui veut dire dans votre langue « L'endroit où je suis né ». Merci de l'avoir jouée, mademoiselle. Je ne l'avais pas entendue depuis des années !

Amy entraîna son frère à l'écart, au coin de la cheminée.

– Le voilà, notre indice !

– Quoi ? Une vieille chanson ?

– C'est un message que Mozart a envoyé à Franklin ! Dan écarquilla les yeux.

– Je veux bien, mais qu'est-ce que ça signifie ?

– L'endroit où je suis né... Mozart est né dans la ville de Salzbourg, dans les Alpes autrichiennes. En route !

Leur voiture de location, une vieille Fiat déglinguée, protesta pendant toute l'ascension des Alpes, toussotant, cahotant et grinçant. Pour ne rien arranger, Nellie ne savait pas se servir d'une boîte de vitesses manuelle.

– Tu veux nous achever ou quoi ? geignit Dan entre deux secousses.

– Je te passe le volant ? suggéra la jeune fille au pair, vexée.

Dan répondit oui avec tant d'empressement qu'elle regretta aussitôt sa question.

Saladin fut malade pendant les trois heures de route. Par chance, avec l'estomac vide, il n'avait pas grand-chose à vomir.

Le voyage aurait été bien plus confortable en train. Mais leur dernière rencontre avec la famille Holt les avait rendus méfiants. En voiture, ils se déplaceraient plus discrètement qu'en empruntant les transports publics.

Le paysage était grandiose. L'autoroute serpentait au milieu des Alpes autrichiennes comme un ruban entre des pieds de géants. Les pics enneigés se dressaient à des hauteurs vertigineuses, et ils eurent bientôt le torticolis à force de se contorsionner pour les admirer.

– Ah, ça change du commissariat de Vienne ! Voilà le genre de paysage que j'attendais ! commenta Nellie.

Même Dan était impressionné.

– Je parie que si on lance une boule de neige de là-haut, le temps d'arriver en bas, elle doit être assez grosse pour ensevelir un village entier !

Vers deux heures de l'après-midi, ils atteignirent Salzbourg, ville historique nichée au creux de vertes collines.

– C'est magnifique ! souffla Nellie.

– Je voyais ça plus petit, observa Amy, déconfite. En plus, on ne sait pas ce qu'on doit trouver. Autant chercher une aiguille dans une botte de foin.

Nellie haussa les épaules.

– Ça m'a pourtant l'air simple. La chanson s'appelle « L'endroit où je suis né ». On va acheter un guide pour situer la maison où Mozart a grandi.

Dan émit un gémissement plus déchirant que les plaintes incessantes de Saladin.

– Oh non, non et non ! Je ne visiterai pas une deuxième maison de Mozart. Je ne suis pas encore remis de la première !

– Arrête de râler, le coupa Amy. On n'est pas venus faire du tourisme. On suit la piste.

– L'indice ne pourrait pas être caché dans un magasin de jeux vidéo, pour une fois ? couina son frère.

Il se redressa brusquement.

– Attention !

Un homme d'un certain âge venait de descendre sur la chaussée, juste devant le capot de la Fiat. Nellie enfonça la pédale de frein. Les roues se bloquèrent et la voiture s'immobilisa à quelques centimètres du piéton.

– Abruti ! fulmina Nellie.

Elle allait klaxonner quand Amy lui saisit le poignet.

– Non ! siffla-t-elle en plongeant sous le tableau de bord. Regardez qui c'est !

8. Retour dans les catacombes

Trois paires d'yeux se fixèrent sur l'homme de haute taille, aux traits asiatiques, qui se hâtait de traverser en faisant tournoyer sa canne. Il s'agissait d'Alistair Oh, leur oncle coréen, encore un adversaire dans la chasse au trésor.

– Si on était en tête, on ne l'est plus, commenta Dan.

– Ça m'étonnerait qu'il soit là pour l'air pur, admit Amy.

Ils le virent monter dans un bus un peu plus loin.

– Suis-le, Nellie, décida-t-elle. Comme ça, on saura où il va.

Après un demi-tour totalement interdit, la jeune fille au pair se lança à la poursuite du bus, déclenchant un concert de Klaxons.

– On n'a qu'à le lui demander ! proposa Dan. On a conclu une alliance avec lui, à Paris, je vous signale.

– N'oublie pas le conseil de maître MacIntyre, objecta Amy. On ne doit se fier à personne.

– Oncle Alistair nous a quand même sauvés dans les catacombes, insista son frère.

– Seulement parce qu'il n'avait pas d'autre moyen d'arrêter les Kabra. Mais je suis certaine qu'il ferait n'importe quoi pour nous éloigner des 39 clés.

L'autobus franchit le pont du centre-ville en brinquebalant. Quelques passagers montèrent à l'arrêt suivant, mais personne ne descendit. Manque de chance, à un carrefour, un groupe de touristes bloqua le passage de la Fiat, tandis que le bus s'éloignait.

– Il va nous semer ! s'écria Dan.

Quand la voie fut libre, Nellie s'emmêla dans les vitesses et redémarra en cahotant. Ils parcoururent quelques ruelles, sans retrouver la trace du bus.

– Là-bas ! s'exclama enfin Amy en tendant le bras.

Nellie repartit à sa poursuite en brutalisant la boîte de vitesses. Elle prit un virage serré et, sur sa lancée, doubla l'autobus, stationné devant un vieux portail en pierre.

Amy jeta un coup d'œil au bâtiment hérissé de croix et de clochers.

– On dirait une église.

Nellie se gara à bonne distance en déchiffrant le panneau.

– Monastère Saint-Pierre, traduisit-elle.

Ils distinguèrent la haute silhouette d'Alistair au milieu du groupe de visiteurs qui franchissaient le portail. Nellie fronça les sourcils.

– Vous croyez que votre indice pourrait se trouver ici ?

– Notre oncle a l'air de le penser, répondit Amy. On va le suivre pour en avoir le cœur net. Si tu nous cherchais un hôtel pendant ce temps-là ? Ça permettrait à Saladin de se remettre du voyage.

Nellie hésitait :

– Je n'ai pas très envie de vous laisser seuls avec un Cahill dans les parages.

– C'est bourré de monde, ici, répliqua Dan. On ne risque rien.

– Entendu, concéda la jeune fille au pair. Je reviens dans une heure. Tâchez de rester entiers.

Tandis que la Fiat s'éloignait, les enfants entrèrent dans l'abbaye. À l'accueil, Amy prit une brochure en anglais dans le présentoir.

– Waouh ! souffla-t-elle. Ce monastère a plus de mille trois cents ans ! Il a été fondé en 696, et certaines tombes du cimetière datent de l'époque romaine !

– Un cimetière ? s'exclama son frère. Cet endroit commence à me plaire !

Ils attendirent que le groupe d'oncle Alistair soit entré dans la cathédrale pour se faufiler sous l'arche menant au cimetière. Les tombes, enfouies sous la végétation, n'étaient pas marquées par des pierres tombales mais par des écriteaux en fer forgé.

Amy, toujours plongée dans sa brochure, saisit brusquement le poignet de son frère.

– Dan… Nannerl a été enterrée ici !

– On va déterrer un cadavre ? Chouette !

– Mais non, idiot !

– Pourquoi pas ? Mozart a peut-être caché un indice sur le corps de sa sœur.

– Il est mort avant elle ! Bon, on doit chercher un caveau collectif. D'après la brochure, c'est là qu'elle se trouve.

– Je croyais que les Mozart étaient riches. Pourquoi ils sont obligés de partager leur tombe ?

– Un peu de respect, s'il te plaît. Dans le même caveau, il y a aussi le frère de Haydn, le célèbre compositeur.

Dan ne put résister à la tentation de faire une bonne blague :

– Et il fait quoi, maintenant, le compositeur ? Il se décompose ?

– Ah ! tu es répugnant. Viens, au lieu de dire des bêtises.

Ils errèrent un peu avant de trouver le mausolée de pierre tout simple, portant les noms des morts et des passages de la Bible. Ils ne virent rien qui ressemble à un indice.

– Tu n'es pas tombée dans l'oubli, Nannerl, murmura Amy d'un ton grave. Les gens commencent à apprécier ton génie.

– C'est quoi, cette fascination pour la sœur de Mozart ? s'étonna Dan. Elle était aussi douée que lui, et alors ?

– Tu ne vois pas à quel point c'est injuste ! Sous prétexte que c'était une fille, son talent n'a jamais été reconnu.

– D'accord, elle s'est fait avoir. Elle est morte et enterrée, alors qu'est-ce que ça peut te faire ?

Amy secoua la tête, exaspérée.

– Imagine qu'on soit les enfants Mozart et qu'on possède le même talent. Tu trouverais normal qu'on te considère comme l'enfant prodige et que, moi, je ne sois personne ?

– Ça ne risque pas, affirma Dan, imperturbable. Il n'y a aucun domaine dans lequel on soit bons tous les deux. Tiens, qu'est-ce que c'est que ça ?

Sur le seuil du caveau, il fixait d'un air intrigué la falaise contre laquelle s'appuyait le monastère. À une quinzaine de mètres de hauteur, une porte s'ouvrait dans la paroi.

– Qui a bien pu construire sa maison là-haut ?

En approchant, ils découvrirent un escalier grossièrement taillé dans la roche.

Amy parcourut la brochure des yeux.

– Il mène à l'entrée des catacombes.

– Oh non ! gémit Dan.

Ils avaient bien failli rester coincés dans les catacombes de Paris, et il ne tenait pas à renouveler l'expérience.

– Il n'y a pas d'ossements, ici, lui assura sa sœur. En revanche, des tunnels traversent la colline. Si l'indice est dans les environs, je te parie que c'est là.

Ils repérèrent la haute silhouette d'Alistair Oh dans la file de touristes qui gravissait l'escalier.

– Et on vient de se faire doubler par la concurrence, grommela Dan.

Dès que le groupe eut disparu à l'intérieur, les enfants se lancèrent à l'assaut des marches. En pénétrant dans les entrailles de la montagne, Amy eut

67

l'impression d'être avalée par une énorme créature aussi vieille que la terre. Elle échangea un coup d'œil inquiet avec son frère.

Le tunnel suintait l'humidité et la température avait chuté d'au moins vingt degrés. Dan glissa la main dans sa poche et la referma sur les contours familiers de son inhalateur. Ce n'était pas le moment d'avoir une crise d'asthme. « Relax », songea-t-il. En principe, les crises étaient provoquées par un fort taux de poussière et de pollen dans l'air, pas par une ambiance sinistre.

Sur leur gauche s'ouvrait une petite chapelle creusée dans la roche. Amy et Dan virent le groupe d'oncle Alistair s'y engouffrer. Ils passèrent devant en tournant la tête pour ne pas être reconnus.

Plus ils s'enfonçaient dans la montagne, plus il faisait sombre. Ils croisèrent un autre groupe de touristes, remontant des profondeurs. Entre deux ampoules, leurs visages pâles furent engloutis par les ténèbres, avant de réapparaître brusquement dix mètres plus loin.

– Serrez à droite, recommanda le guide à son troupeau pour laisser passer les Cahill.

Ceux-ci n'en furent pas moins bousculés. Amy étouffa un cri, d'abord parce qu'on lui avait écrasé les pieds, mais surtout parce qu'elle venait de reconnaître quelqu'un dans le halo de l'ampoule nue.

L'homme avait entre soixante-cinq et soixante-dix ans, le visage sillonné de rides. Ses vêtements noirs se fondaient dans l'obscurité, donnant l'impression que sa tête flottait dans le vide. Le cœur d'Amy s'emballa.

Elle saisit la main de son frère et l'entraîna au pas de charge.

– Moins vite ! protesta Dan.

Elle s'arrêta quand elle fut sûre de ne pouvoir être entendue.

– Dan… l'ho-ho…

– Respire !

– L'homme en noir est là !

9. Dans les ténèbres

Dan se figea.

– Il t'a vue ?

– Je ne crois pas. Quand la maison de Grace a brûlé, il était là. Et quand la bombe a explosé à l'Institut Franklin, il était également présent. Sortons vite d'ici !

– Pas avant d'avoir trouvé ce qu'on est venus chercher, rétorqua Dan d'un ton buté. Oncle Alistair *et* l'homme en noir ? Ça prouve qu'on est au bon endroit !

Amy fut impressionnée. Son frère était un crétin sans cervelle, qui n'aurait pas survécu cinq minutes sans elle. Mais à certains moments, il faisait preuve d'un courage et d'une détermination étonnants pour son âge alors qu'elle était paralysée par la peur.

– Entendu, on continue, dit-elle en avalant sa salive.

Ils s'enfoncèrent dans les profondeurs de la montagne. À plusieurs reprises, le tunnel bifurquait, et ils s'efforcèrent de mémoriser le trajet. Leur pire crainte était de se perdre là-dessous, quelque part entre Salzbourg et le centre de la terre.

Ils avaient mal aux yeux à force d'examiner les parois interminables, en quête d'une inscription ou d'un symbole – n'importe quoi qui puisse indiquer un compartiment ou une cachette. Mais ils ne voyaient que de la roche et, de temps à autre, un mince filet d'eau suintante.

Dan, à quatre pattes, inspectait une « gravure » qui s'avéra être une simple fissure quand la rangée d'ampoules électriques vacilla puis s'éteignit totalement.

Comment décrire une telle obscurité ? Ils furent brusquement plongés dans des ténèbres suffocantes, comme s'ils étaient devenus aveugles. Amy fut prise de panique. Elle n'arrivait plus à respirer. Dan la chercha à tâtons pour la rassurer. Mais lorsqu'il lui frôla le bras, elle poussa un cri perçant qui résonna dans le tunnel.

– Tout va bien, c'est moi. Il s'agit d'une simple panne de courant !

– Bien sûr, et l'homme en noir est là, comme par hasard ! couina Amy.

Dan se força à réfléchir calmement.

– Tant qu'on ne peut pas le voir, il ne peut pas nous voir non plus ! D'ailleurs, il est peut-être aussi perdu que nous !

– Ou bien il nous guette dans le noir.

– Il va falloir courir le risque. On va revenir sur nos pas, en priant pour que tout aille bien.

– On n'est même pas sûrs de retrouver la sortie, observa Amy d'une voix tremblante.

Dan essaya de visualiser les tunnels comme un réseau de lignes sur une carte.

– Avance en suivant le mur avec ta main. Je ferai pareil de l'autre côté. Comme ça, s'il y a un croisement, on ne le loupera pas. Fastoche, conclut-il, l'estomac noué.

Fastoche... Tu parles ! Amy revit les catacombes de Paris, les têtes de morts empilées qui la fixaient avec un sourire sinistre.

Malgré les apparences, l'atmosphère était encore plus oppressante ici : les murs semblaient se resserrer sur eux, les piégeant dans les entrailles de la montagne.

– Dan, gémit-elle, je crois que je ne vais pas y arriver. J'ai trop peur.

– C'est le même tunnel que tout à l'heure, raisonna-t-il. On le prend dans l'autre sens, c'est tout.

Ils se mirent en marche dans le noir. Amy tâtonnait le long du mur de gauche, tandis que Dan faisait de même à droite. Ils se tenaient la main pour éviter de se perdre tout en discutant pour se rassurer.

– Hé, c'était quand, la dernière fois qu'on s'est tenu la main ? fit Dan.

– J'ai oublié. On devait être petits... avec papa et maman.

– Comment elle était, maman, déjà ?

Il le savait parfaitement, mais ce sujet familier le réconfortait.

– Elle était grande, répondit Amy, avec des cheveux auburn…

– Comme toi ?

– Ceux de maman étaient plus roux. Aux spectacles de l'école, on ne voyait qu'elle dans le public. Papa avait les cheveux plus clairs, avec…

Elle s'interrompit.

– J'ai de plus en plus de mal à me rappeler leurs visages, avoua-t-elle. C'est comme une vieille photo qui s'efface.

– Moi, je ne m'en souviens plus du tout… alors que je pourrais te dessiner cette sorcière de tante Béatrice les yeux fermés. C'est nul, marmonna Dan.

– Maintenant, il ne faut pas qu'on oublie Grace, murmura Amy.

– Ouais… Elle me manque, et pourtant je ne suis pas sûr qu'elle nous ait rendu service.

– Elle nous aimait !

– Dans ce cas, elle aurait pu nous parler de cette fichue chasse au trésor ! Ça ne nous aurait pas fait de mal d'être prévenus un peu à l'avance. Genre : « Bon, aujourd'hui, tu joues à Super Mario, mais dans deux mois, tu seras poursuivi par un tueur fou dans un tunnel obscur… »

BANG ! Une explosion retentit. Un éclair de lumière fusa dans le noir comme une supernova. Ils furent douloureusement éblouis. Pendant une fraction de seconde, Dan discerna une silhouette qui s'éloignait en courant. Puis un grondement sourd ébranla le tunnel ; le plafond menaçait de s'effondrer.

Touché à l'épaule par la chute d'une pierre, le garçon s'écroula sous une pluie de gravats.

– Daaaaaan !

Amy, qui ne lui avait pas lâché la main, le tira de toutes ses forces pour le sortir des décombres.

– Tu es blessé ? demanda-t-elle d'une voix rauque.

– Non, ça va… je crois.

Crachant de la poussière, son frère tendit le bras dans le noir et rencontra un tas de débris. Le tunnel était bouché. Il tenta de dégager un passage dans l'amoncellement, et ne réussit qu'à déclencher une mini avalanche qui l'ensevelit jusqu'aux chevilles.

– On n'y arrivera pas en creusant, conclut-il.

Quel cauchemar ! Qu'y avait-il de pire que d'être perdu dans le noir ? Que d'être prisonnier dans le noir… ? Que de mourir dans le noir… ?

Amy se tourna vers son frère pour tenter de le distinguer dans l'obscurité.

– Dan… je te vois !

– C'est imposs… Attends, moi aussi ! Je devine ta silhouette, mais…

– Il y a forcément une source de lumière quelque part, raisonna Amy. Et là où il y a de la lumière, il y a…

– … une issue ! compléta Dan.

Ils suivirent une lueur orangée, presque imperceptible, qui ne suffisait pas à éclairer les parois.

Dan trébucha deux fois, et Amy se cogna dans le mur faute d'avoir vu que le tunnel tournait. Elle s'aperçut à peine du choc : tout de suite après le coude, la lumière s'intensifiait. La jeune fille discernait désormais la silhouette de son frère sans avoir à plisser les yeux.

– Bingo ! s'écria Dan.

Sur le sol sombre, une ouverture rectangulaire se découpait en plus clair.

– Un passage secret ! Il doit y avoir une échelle le long de la paroi…

Il s'accroupit pour se glisser par le trou. Elle entendit un bruit de chute étouffé suivi d'un cri de douleur.

– En fait, non, rectifia-t-il dans un gémissement. Viens voir ! Je crois que j'ai trouvé un truc.

Prudemment, Amy se laissa descendre dans le petit puits en cherchant des prises dans la roche, et découvrit ce qui avait échappé à son frère : une série d'encoches dans la paroi. Dan l'aida à poser le pied par terre. Ils étaient dans une salle éclairée par des lampes à huile. Après l'obscurité totale du tunnel, cette lueur leur parut aussi vive que les projecteurs d'un stade.

Amy regarda autour d'elle. Une bonne moitié de la pièce était occupée par de gros tonneaux en chêne.

– Tu crois que c'est un indice ? questionna Dan.

Sa sœur haussa les épaules.

– Il faudrait d'abord savoir ce qu'ils contiennent.

Ils s'approchèrent. Les tonneaux, d'aspect très ancien, ne portaient aucune inscription.

– On peut en voler un en le faisant rouler, suggéra Dan.

Il cala son épaule contre une barrique et poussa de toutes ses forces, sans succès.

Amy le rejoignait pour l'aider lorsqu'elle remarqua dans un coin un vieux pupitre où était posée une feuille de papier. Ils se ruèrent dessus. Le document était jauni et rigide, plus proche du parchemin que du

76

papier moderne. Le texte en lettres gothiques, écrit en allemand, avait l'air d'une liste de mots et de chiffres.

– Une formule ! fit Amy.

– Une formule pour quoi ? demanda Dan, sceptique.

– La première clé était un ingrédient : la solution de fer[1], lui rappela sa sœur. Cette liste est peut-être la formule complète !

Ils en restèrent sans voix. Se pouvait-il qu'ils aient mis la main sur une sorte d'antisèche à l'ancienne, rassemblant sur une seule page la totalité des 39 clés ? Se pouvait-il qu'ils aient déjà gagné ?

Amy prit délicatement le parchemin par les coins.

– Nellie pourra nous dire ce que ça signifie.

Dan poussa un cri de triomphe.

– J'ai hâte de voir la tête des Kabra quand on va se pointer avec les 39 clés avant qu'ils aient trouvé la deuxième ! Et Irina ! Je vais embaucher une vraie ceinture noire pour lui faire une prise de kung-fu. Et les Holt, alors ! Allez, j'engage une armée de ceintures noires…

– Il faut d'abord qu'on sorte d'ici, observa sa sœur en promenant les yeux autour d'elle. Il a bien fallu faire entrer ces tonneaux…

– Suivons les lampes à huile, suggéra Dan.

La salle aux tonneaux donnait sur un autre labyrinthe souterrain. Après quelques détours, Amy comprit qu'ils s'étaient de nouveau perdus. Elle baissa les yeux sur le parchemin. C'était rageant d'avoir cet indice entre les

---

1. Lire le tome 1, *L'énigme des catacombes*.

mains et de ne pas pouvoir le porter à la personne capable de le déchiffrer.

Elle consulta sa montre.

– On est déjà en retard pour le rendez-vous avec Nellie. Si on n'arrive pas, elle finira peut-être par nous chercher.

– Dans ce cas, elle a intérêt à venir avec une foreuse géante, répliqua Dan, en remarquant que le tunnel se mettait à descendre.

Soudain, il désigna quelque chose devant lui.

– Une échelle ! On est sauvés !

Ils se précipitèrent, levèrent les yeux et virent une grosse grille métallique au-dessus de leurs têtes.

– Regarde ! La lumière du jour ! souffla Amy.

Dan escalada les barreaux et poussa sur la grille.

– Et si tu m'aidais ?

Amy grimpa à son tour, et, à deux, ils parvinrent à soulever le lourd grillage. Tandis qu'ils se hissaient au-dessus, un gong retentit bruyamment.

Ils avaient débouché dans une grande salle, dont le sol était couvert de matelas. Mais ce n'était pas le plus frappant. Au pied de chaque couchage se tenait un moine en robe noire, au crâne rasé.

Quarante paires d'yeux stupéfaits les fixèrent. Quarante bouches s'ouvrirent sous l'effet de la surprise. Les moines bénédictins de Saint-Pierre regardaient les enfants comme s'ils n'avaient jamais imaginé l'existence de semblables créatures. L'un des plus âgés remarqua le parchemin qu'Amy avait à la main.

Il poussa un cri déchirant.

10. Le trésor des bénédictins

Comme un seul homme, les frères bénédictins se ruèrent sur Amy pour récupérer leur précieux trésor. Dan, qui avait repéré une porte dans le fond de la pièce, prit sa sœur par le bras et se faufila dans la marée de robes noires. L'un des moines voulut retenir Amy par la manche, mais Dan le repoussa d'un coup d'épaule, façon joueur de rugby, et ils piquèrent un sprint vers la sortie.

Pendant ce temps, dans la voiture, Nellie consultait sa montre toutes les trente secondes. Où étaient-ils ? Elle n'aurait jamais dû les laisser seuls à la merci de l'un des membres de leur famille. Si ce vieux monstre d'Alistair Oh touchait à un seul de leurs cheveux, elle lui ferait avaler sa canne.

Elle se tourna vers le chat, qui somnolait sur la banquette arrière. Il avait cessé de se gratter.

– Ils ont une demi-heure de retard, Saladin. Qu'est-ce qu'ils fabriquent ?

C'est alors qu'elle les vit arriver, fendant la foule des touristes. Ils couraient comme s'ils avaient le diable à leurs trousses. La jeune fille au pair repéra alors le groupe de moines en robes noires qui poursuivaient les enfants.

Sans chercher à comprendre, elle mit le contact et ouvrit la portière.

– Montez !

Les voleurs de parchemin ne se le firent pas dire deux fois. Ils franchirent le portail en trombe et s'engouffrèrent en catastrophe dans la voiture.

– Vite, démarre ! lança Dan, hors d'haleine.

Nellie appuya à fond sur l'accélérateur. La voiture était déjà en mouvement quand Amy claqua la portière. Dan regarda les moines rapetisser dans le rétroviseur.

– Qu'est-ce qui s'est passé ? s'inquiéta la jeune fille au pair.

– C'est pas notre faute ! se défendit Dan. Ces types sont des fous ! Une armée de Dark Vador sans masque !

– Ce sont des moines bénédictins, enfin ! fit valoir Nellie. Ils sont pacifiques ! La plupart d'entre eux ont même fait vœu de silence !

– Ouais, ben plus maintenant, répliqua Dan. Ils nous ont même copieusement injuriés. Pas besoin de parler allemand pour comprendre.

– On a trouvé un indice, peut-être même la deuxième clé ! annonça Amy. Mais ils ne voulaient pas nous la laisser. C'est un truc important, je te le garantis. Tu peux nous le traduire ?

Elle posa le parchemin sur les genoux de Nellie.

– Éloignons-nous d'abord un peu, décréta celle-ci en s'enfonçant dans les ruelles de Salzbourg. Ou vous devrez expliquer à l'agence de location que leur voiture a été saccagée par un troupeau de moines furieux.

Nellie contourna le centre-ville pour éviter la circulation et passa le pont. Après quelques détours, elle se gara dans une rue tranquille.

– Bien, voyons un peu, fit-elle en prenant le parchemin.

– Il doit s'agir d'une formule, commenta Amy, tout excitée.

– Ouais, cette fois, on a touché le gros lot, affirma son frère.

La jeune fille au pair fronça les sourcils pour déchiffrer le texte et s'exclama soudain :

– C'est pas vrai !

– Alors, c'est ça ? demanda Dan, un sourire jusqu'aux oreilles.

– C'est la formule de quoi ? insista Amy.

Nellie relut la page plusieurs fois, comme si elle n'arrivait pas à y croire.

– Ce n'est pas un indice, imbéciles ! C'est la recette de la Bénédictine !

– La Bénédictine ? répéta Amy. Tu veux dire la liqueur ?

Nellie hocha la tête, accablée.

– C'est une très vieille recette, dont les frères bénédictins gardent jalousement le secret depuis des siècles.

Les enfants étaient effondrés.

– Alors on a failli se faire tuer pour rien ! gémit Dan.

– Je comprends mieux la réaction des moines, reprit Amy. Cette recette doit être ce qu'ils possèdent de plus précieux !

– Bon, ce sera quand même cool d'avoir ce parchemin dans ma collec'…

– Enfin, Dan ! On va le leur rendre ! explosa sa sœur.

– Tu parles, si l'on remet les pieds dans cette abbaye, ces moines pacifiques vont nous arracher les yeux.

Mais Amy demeura intraitable.

– Pas question de le garder. On n'a qu'à leur renvoyer par la poste !

– Je suis pressé de lire l'adresse, ricana son frère. Troisième grotte à droite, au bout du cinquantième tunnel, à gauche derrière la neuvième stalactite.

Il escalada le dossier du siège passager pour rejoindre le chat à l'arrière.

– Je préfère m'asseoir à côté de quelqu'un de sensé. Ça roule, Saladin ? Au fait, il ne se gratte plus, on dirait.

– Ah oui, confirma Nellie, d'ailleurs je voulais vous en parler, avant de devoir jouer les pilotes de course pour échapper aux bons frères. Je l'ai emmené chez le vétérinaire.

– Il avait des puces ? demanda Amy.

– Non. Enfin... juste une. On lui a enlevé son collier et voilà ce qui en est tombé.

Elle tira de sa poche un dispositif électronique de la taille d'un ongle.

– Apparemment, les coins s'enfonçaient dans sa peau. C'est pour ça qu'il se grattait.

– Qu'est-ce que c'est ? s'étonna Amy.

– Tu ne regardes jamais la télé ? répliqua Dan avec dédain. Il s'agit d'une balise de pistage.

– Quel intérêt de suivre la trace d'un chat ? questionna Nellie, perplexe.

Amy commençait à comprendre.

– Ce n'est pas le chat qui est suivi... c'est nous ! On ne risque pas de garder notre avance. Où qu'on aille, il y a toujours quelqu'un d'autre au courant.

– C'est un coup des Cobra, je te parie ! affirma Dan. Ces gosses de riches ont acheté ce bidule high-tech parce qu'ils sont trop bêtes pour trouver les indices tout seuls.

– Ou alors d'Irina, renchérit sa sœur. Quoi de plus facile pour une espionne ? Ça peut être n'importe qui, même maître MacIntyre. Après tout, c'est lui qui a gardé Saladin quand on était à Paris.

– Alors, qu'est-ce qu'on en fait, de cette balise ? demanda Nellie. On l'écrase ?

– Jette-la dans le caniveau, suggéra Dan. Ces tricheurs devront plonger en scaphandre pour la récupérer.

Amy prit la question plus au sérieux.

– En fait, c'est l'occasion rêvée de semer nos adversaires. On aurait tort de la gâcher…

– On ne peut jamais rigoler, grommela Dan.

– Oh si ! on va rigoler, lui assura sa sœur. Écoutez…

Alistair Oh arpentait les salons de la demeure familiale des Mozart, appuyé sur sa canne au pommeau en diamant. Il savait déjà où trouver l'indice suivant. Mais puisqu'il était à Salzbourg, autant visiter la maison, histoire de s'assurer que rien ne lui avait échappé. On n'était jamais trop prudent.

Tandis qu'il errait parmi les instruments de musique et le mobilier du XVIIIe siècle, il se sentit soudain très las. Bien des années s'étaient écoulées, depuis qu'il avait fait fortune en inventant les tacos à réchauffer au micro-ondes. Entre-temps, sa jeunesse s'était envolée et son argent avait fondu.

Il s'assit sur un banc pour se reposer. Il se serait bien passé de parcourir le monde pour retrouver le trésor de Grace. Mais quel trésor ! De fabuleuses richesses et un pouvoir sans limites…

Il avait très mal dormi. L'incident de la veille dans le tunnel tourmentait sa conscience. Il avait juste voulu effrayer Amy et Dan, c'était ses adversaires après tout. Mais il ignorait que l'explosion pouvait déclencher un éboulement. S'il arrivait quelque chose de grave aux petits-enfants de Grace Cahill, il ne se le pardonnerait jamais.

Il avait veillé jusqu'à deux heures du matin, devant les informations télévisées. Si deux jeunes Américains avaient eu un accident, on en aurait sûrement parlé. Satanée Grace et sa chasse au trésor, qui les avait dressés les uns contre les autres !

Il perdit le fil de ses pensées. Vaincu par le manque de sommeil, il ferma les yeux quelques secondes, s'affaissa sur son banc... et s'endormit profondément.

– Encore une maison de Mozart. Quelle joie ! soupira Dan.

– Je n'y suis pour rien, se défendit aussitôt Amy. On suit Alistair.

Nellie avait dû appeler chaque hôtel, chaque chambre d'hôte de Salzbourg pour découvrir où logeait leur oncle. Après deux heures de guet derrière la benne à ordures de l'hôtel Amadeus, Amy et Dan avaient suivi leur rival jusqu'à la maison de la famille Mozart. Tapis dans l'ombre d'un magnifique pianoforte, ils surveillaient la haute silhouette assise sur un banc, à quelques mètres de là.

– Qu'est-ce qu'on s'amuse ! ronchonna Dan. Hé, pourquoi il ne bouge plus ?

Oncle Alistair avait la tête penchée sur l'épaule, les yeux fermés, la bouche entrouverte.

– Je crois bien qu'il est mort, murmura Amy.

Dan sursauta.

– Quoi ?

– Mais non, imbécile ! Il dort ! Si on essayait de glisser la balise dans sa poche ?

– Et s'il se réveille ?

Amy extirpa le minuscule transmetteur de sa poche de jean.

– Je prends le risque. Attends-moi là.

Elle traversa la salle sur la pointe des pieds. Il était encore tôt, et le musée était presque désert. Les seuls autres visiteurs étaient un jeune couple avec des drapeaux norvégiens cousus sur leurs sacs à dos.

Amy les laissa s'éloigner, puis s'approcha à pas de loup. Lentement, elle tendit la main. Pour glisser le dispositif dans une poche de la veste d'Alistair, il lui fallait éviter son bras droit, replié sur sa poitrine. Elle n'avait pas droit à l'erreur…

Le vieil homme laissa échapper un bruit à mi-chemin entre le ronflement et le hoquet. Amy se figea. Il remua, changea de position et se rendormit.

« Ça ne marchera jamais. Dès que je vais le toucher, il va se réveiller… »

Remarquant la canne appuyée contre le banc, Amy y chercha du regard un endroit où insérer la puce. Sortant la tête de sa cachette, Dan lui faisait signe. Elle lui jeta un coup d'œil irrité. « Qu'est-ce que tu veux, idiot ? »

Puis elle comprit ce qu'il mimait. Elle saisit le pommeau de la canne et tourna. À sa grande joie, il se dévissa. Parfait. Dans le pommeau, sous le diamant, il y avait un creux, juste assez grand pour accueillir la balise.

Elle venait de la mettre en place lorsqu'elle s'aperçut que la canne elle-même était creuse. Bizarre, elle aurait dû être en bois plein. À moins que…

Amy prit la canne et examina l'intérieur. Elle contenait quelque chose ! Une feuille de papier, roulée serrée pour tenir dans le tube. Elle avait découvert la cachette d'Alistair !

Elle pinça la feuille entre deux doigts et tira. Bien que plus récent que le parchemin des moines, le papier était rigide et jauni par le temps. Les mains tremblantes, Amy le déroula. Le texte semblait écrit en allemand. Un nom lui sauta aux yeux :

Il avait dû trouver ce document dans le tunnel du monastère.

« Alors, comme ça, il nous a précédés, songea-t-elle en regardant l'homme endormi sur le banc. On l'a peut-être sous-estimé. »

Oncle Alistair émit un gargouillis et battit des paupières.

En un tournemain, Amy revissa la canne et la replaça contre le banc. Le vieil homme dormait toujours, sans se douter une seconde qu'il venait de perdre son avance.

II. Cap sur Venise !

– Ce n'est pas de l'allemand, déclara Nellie en examinant le document, sous l'ampoule nue de leur
chambre d'hôtel.

– Ah bon ? fit Amy, troublée. Comme on est en
Autriche, je croyais… C'est en quelle langue, alors ?

La jeune fille au pair plissa les yeux.

– Une langue que je ne parle pas. On dirait de l'italien.

Les enfants la regardèrent, étonnés. C'était la première
fois que Nellie ne pouvait pas leur servir d'interprète.

– Comment tu le sais ? demanda Dan.

– Parce que ça ressemble à l'espagnol. Et ce mot-là,
Venezia, veut sûrement dire « Venise », une ville
italienne.

Amy lut la date : 1770.

– Mozart devait avoir quatorze ans. Tu te rappelles ce qu'on a appris au musée, Dan ? À cette période, son père l'a emmené en tournée dans toute l'Italie.

– Ce papier serait une affiche du XVIIIe siècle pour un concert de Mozart ?

– À Venise, précisa sa sœur. C'est là que l'indice suivant doit être caché.

Le visage de Nellie s'illumina.

– J'ai toujours rêvé d'aller à Venise, la ville la plus romantique du monde !

– Super, commenta Dan. Dommage que ton amoureux soit un chat en grève de la faim.

La baby-sitter soupira.

– C'est toujours mieux qu'une tête à claques de onze ans.

Le voyage pour Venise dura plus de cinq heures. Dan, qui partageait la banquette arrière avec Saladin, crut devenir fou. Il dut supplier le chat de manger ses croquettes une à une, tâche aussi angoissante qu'exaspérante. À part les bijoux, ce mau égyptien était tout ce qui leur restait de leur grand-mère. Le minimum était d'en prendre soin.

Par-dessus le marché, comme il ne cessait de gigoter, sa sœur se crut obligée de lui infliger une leçon de morale sur l'importance de leur quête et l'ampleur de l'enjeu.

– Franchement, Dan, il serait temps que tu grandisses et que tu prennes les choses un peu plus au sérieux !

– Mais on y est déjà jusqu'aux oreilles, dans le sérieux ! Ça ne nous ferait pas de mal de rigoler un peu ! Tu pourrais passer à côté de la prochaine clé sans la voir, tellement tu es stressée !

– Arrêtez de vous chamailler ! intervint Nellie. J'ai besoin de me concentrer sur la route. Ils roulent à la vitesse de la lumière, ces Italiens !

– Alors tu vas être heureuse, toi qui te prends pour un pilote de formule 1, riposta Dan.

– Je ne plaisante pas ! Vous avez déjà assez d'ennemis comme ça, vous devez vous serrer les coudes.

La dispute cessa aussi brusquement qu'elle avait commencé. Mais pas pour longtemps…

Aux abords de Venise, ils se retrouvèrent dans les embouteillages.

– J'y crois pas, fulmina Dan dans le dos d'Amy.

Sa sœur s'était à peine aperçue du ralentissement, car elle examinait l'affiche de concert de Mozart sous toutes les coutures.

– Qu'est-ce que tu fabriques ? Tu espères qu'à force de regarder ce bout de papier, tu vas finir par comprendre l'italien ?

Amy ignora l'ironie de son frère.

– Il y a un nom là-dessus : Fidelio Racco. Ça vous dit quelque chose ?

– Peut-être un autre musicien ? suggéra Nellie.

– Non, Mozart et Nannerl jouaient toujours en duo. Je n'ai jamais entendu parler d'un autre musicien dans leurs tournées.

– S'il s'agit bien d'une affiche de concert, ce Racco est peut-être leur manager, intervint Dan.

– Ça se tient, admit sa sœur après réflexion. Évidemment, à l'époque, il n'y avait pas de managers au sens d'aujourd'hui. Mais les musiciens donnaient des récitals privés chez de riches mécènes. Mozart et Nannerl ont pu jouer chez ce Racco. Je me demande s'il y a moyen de découvrir où il habitait.

– Aucun problème, répliqua Dan. Cherche dans l'annuaire de 1770. C'est du gâteau.

– En Italie, la spécialité, c'est plutôt le tiramisu, intervint Nellie. Un dessert à la crème et au chocolat que vous allez adorer. Ah, voilà notre sortie !

Elle quitta l'autoroute dans un rugissement de moteur et déboucha sur un large boulevard, derrière un camion de télévision au sigle familier.

– Vous avez vu ? lança Dan. C'est Eurofun TV ! La chaîne qui a organisé la fête de Jonah Wizard à Vienne !

La camionnette déboîta brusquement sur la gauche, coupa deux voies encombrées et vira dans le sillage d'une limousine extra longue couleur argent.

Nellie aboya en appuyant sur le Klaxon :

– Espèce de malade !

– Suis-le ! ordonna Amy.

– Pourquoi ?

– Vite ! insista-t-elle.

Dans une manœuvre digne d'un pilote de rallye, la jeune fille au pair réussit à se faufiler entre les voitures et à se caler derrière la camionnette.

– Cool ! s'emballa Dan.

Il était clair que la limousine tentait vainement de semer la camionnette. Embarquée dans cette course-poursuite, la Fiat doublait les voitures, grillait les feux rouges, zigzaguait entre les malheureux piétons.

– Ce n'est pas tout à fait comme ça que j'imaginais visiter Venise, se lamenta Nellie. Je me demande qui se trouve dans cette limousine. J'espère au moins que c'est Brad et Angelina.

– Ne les lâche pas ! la pressa Amy. Je crois savoir qui c'est !

La limousine fonçait maintenant vers un pont. Au dernier moment, elle tourna sur les chapeaux de roue dans une ruelle, tandis que la camionnette, emportée par le flot de la circulation, était contrainte de continuer tout droit. La scène n'avait duré qu'une fraction de seconde.

– Qu'est-ce que je fais ? demanda Nellie, perdue.

– Suis la limousine, répondirent en chœur Amy et Dan.

Ils bifurquèrent juste à temps. Débarrassée de son poursuivant, la limousine avait repris une vitesse normale. Nellie maintint la Fiat à une distance prudente.

Bientôt, la limousine emprunta une longue chaussée qui donnait sur une lagune scintillante.

– Et maintenant ? demanda Nellie.

– Continue, répliqua Amy.

– Attendez, objecta Dan. Je croyais qu'on allait à Venise. Ce panneau indique… (il plissa les yeux) « Tronchetto ». On part dans une mauvaise direction !

– Ça m'étonnerait, dit Nellie. Regardez !

Un spectacle éblouissant s'offrait à leurs yeux : une forêt de dômes et de flèches étincelants paraissait flotter sur l'eau.

– C'est comme sur les photos…, souffla Amy.

– Pas mal, admit Dan.

Nellie s'engagea à son tour sur le pont, en laissant prudemment deux véhicules entre leur Fiat et la limousine. Puis, ils amorcèrent la descente sur Tronchetto et virent apparaître un îlot plat, presque entièrement recouvert de milliers de véhicules.

Dan ouvrit des yeux ronds.

– Un parking ?

– Oui, enfin, l'ancêtre d'un parking, rectifia Nellie.

– Qui aurait l'idée de garer une limousine dans un parking ?

Un énorme panneau d'affichage se dressait sur leur droite. Après avoir parcouru des yeux les différentes langues, Amy finit par tomber sur l'anglais.

– C'est logique ! Les voitures sont interdites dans Venise. Il faut se garer ici et prendre un ferry pour se rendre en ville.

Son frère fronça les sourcils.

– Les gens se déplacent comment, alors ?

– En bateau, répondit Nellie. Venise est sillonnée par des dizaines de canaux.

Juste avant l'entrée du parking, la limousine s'arrêta et un chauffeur en uniforme descendit pour ouvrir la portière arrière. Deux hommes, l'un de taille moyenne, l'autre grand et costaud, sortirent du véhicule, le visage masqué par des lunettes noires et des casquettes de base-ball. Mais la démarche chaloupée du plus jeune ne laissait aucun doute sur son identité.

Jonah Wizard, accompagné de son père, comme toujours.

– Encore ce crétin ? s'exclama Nellie, consternée.

Dan était tout aussi perplexe.

– Comment a-t-il su qu'il fallait venir ici ?

Amy secoua la tête en signe d'ignorance. Le chauffeur remonta dans la limousine et s'éloigna, tandis que les Wizard rejoignaient la queue du ferry pour Venise.

– Le roi du hip-hop qui se mélange à la populace ? fit Nellie. Vous ne trouvez pas ça suspect ?

– Ça a du bon, finalement, d'interdire les voitures, commenta Dan. Ça met tout le monde à égalité.

Amy n'était pas convaincue.

– Jonah a les moyens de réserver le ferry pour lui tout seul. S'il a choisi de prendre les transports publics, c'est sûrement pour se déplacer incognito. Dépêche-toi de te garer, Nellie, et suivons-les !

Le parking de Tronchetto était gigantesque, et ils durent parcourir presque un kilomètre avant de trouver une place libre. Entre-temps, le ferry s'était amarré, et les passagers commençaient à monter à bord.

– Venez ! fit Dan en s'emparant de Saladin. Si on rate ce ferry, c'est fichu !

Il se mit à courir vers l'embarcadère.

– *Mrraw !* protesta le mau égyptien, qui n'aimait pas être secoué.

Une corne de brume retentit. Le ferry s'apprêtait à lever l'ancre.

Dan, Amy et Nellie traversèrent le parking au pas de course, avec leurs sacs qui brinquebalaient dans leur dos. Un marin était en train de fermer l'accès au bateau par une chaîne quand Dan lança Saladin sur la passerelle. Le chat se hissa sur le pont, et le matelot, exaspéré, dut laisser les retardataires rejoindre leur animal de compagnie.

La traversée ne durait que dix minutes. Amy, Dan et Nellie se firent tout petits derrière une cloison, à bonne distance des Wizard. Jonah et son père semblaient tout aussi désireux de passer inaperçus. Ils restaient appuyés au bastingage, la tête baissée vers l'eau. Quand le ferry arriva à quai, ils en descendirent les premiers et s'engagèrent d'un pas décidé dans les ruelles pavées de Venise.

– Prendre les transports en commun et se déplacer à pied, le tout dans la même journée ! s'étonna Dan. Si Jonah continue à se transformer en être humain, ses fans ne vont plus le reconnaître !

Dans le centre bondé de touristes, ils se fondirent dans la foule et suivirent les Wizard sans se faire repérer. Après quelques détours, les deux hommes prirent une petite rue déserte, bordée de boutiques. Amy tira Dan et Nellie dans le renfoncement d'une porte. Les Wizard entrèrent dans un magasin.

Nellie et les enfants attendirent. Dix minutes. Puis vingt.

– Qu'est-ce qu'ils fabriquent ? s'interrogea Amy.

Dan haussa les épaules.

– C'est plus long de faire du shopping quand on est riche, parce qu'on achète plus de trucs.

– Allons voir ça de plus près, décida sa sœur.

Dan tendit le chat à Nellie et les deux Cahill s'approchèrent à pas prudents du magasin.

Une enseigne clignotante représentant tantôt un CD, tantôt une soucoupe volante indiquait en lettres lumineuses : DISCO VOLANTE.

– Un magasin de disques ? s'étonna Dan. Si Jonah a envie d'écouter un album, il n'a qu'à le télécharger directement de chez lui. Pourquoi il s'embêterait à acheter des CD ?

Amy risqua un coup d'œil dans la vitrine. L'intérieur ressemblait à celui de n'importe quel magasin de disques : des rangées de bacs de CD et de vieux vinyles, des murs ornés d'affiches de concert et de pochettes d'album, un jeune un peu débraillé derrière la caisse. Et…

Amy cligna des paupières. Le vendeur était seul. Elle se pencha, scruta les allées et la cabine d'écoute qui se dressait au fond. Personne.

Dan vit son air déconcerté.

– Qu'est-ce qu'il y a ? Qu'est-ce qu'ils font ?

– Ils ne sont pas là.

Il la rejoignit.

– On vient de les voir entrer !

Amy haussa les épaules.

– Je ne comprends pas.

Ils retournèrent en informer Nellie.

La jeune fille au pair réfléchit à voix haute :

– Ce n'est pas parce qu'il s'appelle Wizard[1] qu'il est magicien. Il n'a pas pu se téléporter hors du magasin.

– Exact, acquiesça Amy. Soit ils y sont toujours, soit ils sont ressortis par une autre issue. On doit fouiller la boutique.

– Ben voyons, fit son frère. Sous le nez du vendeur ?

---

1. *Wizard* signifie « sorcier » en anglais (NDT).

Amy se tourna vers Nellie.

– Tu peux créer une diversion pour l'attirer dehors ?

– Comment ?

– Tu n'as qu'à dire que tu t'es perdue, suggéra Dan. Le type sort pour t'indiquer le chemin et, pendant ce temps-là, on se faufile à l'intérieur.

– C'est l'idée la plus misogyne que j'aie jamais entendue ! s'indigna Nellie. Moi, comme je suis une fille, je me perds. Mais lui, comme c'est un garçon, il a le sens de l'orientation.

– Imaginons que tu ne connaisses pas la ville, reprit Dan. D'ailleurs, tu ne connais pas la ville !

Nellie glissa leurs bagages sous un banc et posa Saladin dessus avec une consigne stricte :

– Toi, tu es le chat de garde. Si quelqu'un touche à ces sacs, libère le tigre qui est en toi.

Le mau inspecta la rue d'un air indécis.

– *Mrraw.*

Nellie soupira.

– Une chance qu'il n'y ait personne dans le coin. C'est bon, j'y vais. Tenez-vous prêts.

Les enfants restèrent en retrait tandis qu'elle entrait dans la boutique.

Le vendeur lui posa une question en italien – sans doute pour lui proposer son aide. Elle lui adressa un sourire d'excuse.

– Désolée, je ne comprends pas l'italien.

– Ah, vous êtes américaine !

Il parlait anglais avec un fort accent, mais semblait tout disposé à se rendre utile.

– Je vais vous aider.

Il nota son vernis à ongles noir et son piercing dans le nez.

– Le punk, peut-être, vous aimez ?

Nellie fit mine de réfléchir.

– La fusion punk-reggae plutôt, précisa-t-elle. Avec une touche de country. Et des voix d'opéra.

Le vendeur la fixa d'un air perplexe.

Nellie arpentait les allées en piochant des CD ici et là dans les bacs.

– Ah, les Arctic Monkeys, voilà le genre de musique que je cherchais. Les Bad Brains... pas mal non plus, un groupe des années 1980. Tiens, je vais prendre un ou deux albums des Foo Fighters. Oh ! et j'allais oublier Linkin Park...

Le jeune homme, impressionné, la regarda accumuler une pyramide de CD.

– Voilà, conclut-elle en posant avec autorité les *Greatest Hits* de Zappa en haut de la pile. Pour un début, ça devrait suffire.

– Vous êtes une vraie passionnée, commenta le vendeur, les yeux écarquillés.

– Pas du tout, je suis cleptomane, répliqua-t-elle.

Et elle sortit comme une flèche du magasin.

Le disquaire était tellement sidéré qu'il mit plusieurs secondes avant de se lancer à ses trousses.

Adressant un petit signe aux enfants estomaqués, la jeune fille au pair dévala la ruelle, sa pile de CD sous le bras.

– *Fermati !* leur cria le vendeur en courant derrière elle.

Nellie laissa tomber quelques disques et jeta un coup d'œil par-dessus son épaule. Avec satisfaction, elle vit le jeune Italien s'arrêter pour les ramasser. L'objectif était de faire durer la poursuite assez longtemps pour que Dan et Amy puissent fouiller le magasin.

« Au secours, se dit-elle tout à coup. Je me mets à penser comme une Cahill... »

Si elle était assez folle pour rester au service de cette famille, elle allait finir par devenir aussi machiavélique qu'eux.

12. L'antre des Janus

Dans le magasin, Amy et Dan cherchèrent une trappe sous les bacs à disques, derrière les étagères et jusqu'au fond des placards.

Soulevant un rideau, Dan découvrit une arrière-boutique encombrée. Elle comportait une table, un évier, une vieille cafetière italienne sur une plaque électrique et de minuscules toilettes. Aucune issue. Il tenta en vain d'ouvrir la fenêtre, collée par d'innombrables couches de peinture.

– Dan ! appela Amy. Viens voir un peu !

Elle se tenait dans une petite cabine d'écoute insonorisée, équipée d'un siège, d'une chaîne stéréo et de deux casques.

Dan cogna sur les murs au cas où ils sonneraient creux. Sans résultat.

– Il n'y a pas de passage secret.

Amy fronça les sourcils devant la pile de CD posés sur le comptoir.

– Tu ne trouves pas cette sélection un peu bizarre ?

Dan se pencha pour déchiffrer les titres. Green Day, Rage Against the Machine, Eminem, Red Hot Chili Peppers et… *Crépuscule d'un génie : les dernières œuvres de Wolfgang Amadeus Mozart*. Il sortit le disque de son boîtier et le tendit à sa sœur, qui le glissa dans le lecteur. Ils mirent chacun un casque. Dan, qui s'attendait à un message secret, fut déçu d'entendre les premières mesures d'un quatuor à cordes.

Il fit la grimace. Il avait déjà eu sa dose de Mozart pour une vie entière. Sur le boîtier figurait le blabla habituel de musique classique : cantate, adagio, cadence… Amy savait sûrement ce que cela voulait dire. Ou elle ferait semblant, rien que pour l'embêter.

Puis les yeux de Dan tombèrent sur la dernière ligne : *Adagio KV 617* (1791). Tiens, tiens. Il appuya sur les boutons du lecteur pour atteindre le morceau… quand, tout à coup, le sol s'ouvrit sous leurs pieds ! Ils dévalèrent un toboggan métallique. Les parois, tapissées de miroirs, leur renvoyaient le reflet de leur expression ahurie.

Amy tenta de ralentir la descente en s'agrippant à la rampe, puis en freinant avec les semelles de ses baskets, en vain. La surface était lisse et glissante comme une patinoire.

Elle plissa les yeux pour tenter de distinguer quelque chose, mais l'obscurité était totale.

Soudain, une porte électronique coulissa devant eux et le sol se rapprocha à une vitesse vertigineuse. Le choc était inévitable. Amy ferma les yeux, résignée au pire…

… mais rien ne vint. À la dernière minute, la pente du toboggan faiblissait. Amy et Dan atterrirent en douceur sur un coussin rempli de petites billes, un peu hébétés. Devant eux s'étirait une large galerie aux murs blancs, couverts de tableaux. Ils perçurent l'écho étouffé d'un air de musique classique.

– Encore une maison de Mozart ? chuchota Dan.

– Sûrement pas, répondit sa sœur. Certains de ces tableaux sont des œuvres d'art moderne. On dirait plutôt un musée.

– Un musée dans un sous-sol, où on entre par un toboggan depuis un magasin de disques ? Mouais…

Amy s'arrêta devant un cadre ancien finement sculpté : le portrait d'un homme portant une collerette, le visage en partie dans l'ombre.

– Dan, je suis presque certaine que c'est un Rembrandt.

Il fit la moue.

– Vu que tu m'as forcé à rendre la recette aux moines, aucune chance que tu me laisses ajouter à ma collection un tableau d'un million de dollars, je suppose.

– Si c'est un vrai, dis plutôt cinquante millions.

– Répète ?!

Dan, bouche bée, fixa les œuvres qui ornaient les deux murs.

– Mais alors, tout l'argent du monde ne suffirait pas à acheter la moitié de ce qu'on voit ici !

Amy confirma d'un hochement de tête.

– Un détail me chagrine : Grace adorait Rembrandt. Pourtant je n'ai jamais vu ce tableau-là dans tous les livres qu'elle avait sur lui.

– Tu crois que c'est un faux ? demanda son frère.

– Ça m'étonnerait. Et regarde…

Elle l'entraîna un peu plus loin.

– … je suis sûre que celui-ci est un Picasso, mais il n'est pas très connu non plus. On doit être dans une galerie secrète de chefs-d'œuvre inconnus.

– Quel est le rapport avec Jonah Wizard ? questionna Dan.

La musique se tut, et une voix harmonieuse annonça : « Vous venez d'entendre le dernier mouvement de la *Symphonie inachevée* de Franz Schubert. Vous écoutez Radio Janus – cent pour cent Janus, vingt-quatre heures sur vingt-quatre. Nous allons maintenant diffuser un enregistrement unique de Scott Joplin à la fête d'anniversaire de Harry Houdini. »

Amy eut une illumination.

– Janus, c'est l'une des quatre branches de la famille Cahill ! s'écria-t-elle. Les Janus, les Tomas, les Ekaterina et les Lucian !

– Je hais les Lucian, siffla Dan entre ses dents. C'est le clan des Cobra. Et d'Irina. Tu te souviens quand elle nous a entraînés dans leur quartier général, à Paris ?

– À mon avis, on se trouve dans le même genre d'endroit, déclara sa sœur. Sauf que celui-ci appartient aux Janus.

Dan fronça les sourcils.

– Drôle d'idée d'installer son QG dans un musée…

Un déclic se produisit alors dans la tête d'Amy, comme si les milliers de pièces d'un puzzle géant venaient de se mettre en place d'un seul coup. En une fraction de seconde, un méli-mélo s'était organisé pour former une image complète.

– Et si chaque branche de la famille possédait un don particulier ? fit-elle à mi-voix. Rappelle-toi, les plus célèbres Lucian étaient des chefs d'État, de grands généraux, des agents secrets, des espions. Quel est le point commun entre ces activités ? L'art de la stratégie, du complot... c'est peut-être ça, le talent des Lucian !

– Qu'est-ce que tu racontes ?

Soudain, il comprit.

– Tu veux dire que les Janus, eux, seraient des artistes ?

Amy hocha la tête.

– Des gens comme Mozart, Rembrandt, Picasso...

– ... et Jonah Wizard ! compléta Dan, surexcité. Personnellement, je le trouve nul, mais c'est quand même une superstar !

– Tu vois qu'on avance ! On n'a plus qu'à découvrir ce qu'il est venu chercher ici et à s'en emparer avant lui.

– Tu n'oublierais pas un petit détail ? observa Dan. Jonah est un Janus. Il a le droit d'être là, contrairement à nous.

– Grace ne nous a jamais dit à quelle branche on appartenait. On est peut-être des Janus. Je joue du piano...

– Sans vouloir te vexer, Amy, tu n'es franchement pas douée. Quant à moi, je ne sais même pas dessiner un bonhomme. On a autant de talent que des ouistitis.

105

Sa sœur soupira.

– Tant pis. On va faire en sorte que les Janus ne s'aperçoivent pas de notre présence.

Ils passèrent devant des tableaux de maîtres aussi prestigieux que Van Gogh ou Andy Warhol, tandis que petit à petit la galerie descendait en spirale.

– Bizarre, remarqua Dan. On dirait qu'on s'enfonce sous terre.

– Ça correspond peut-être à la forme du bastion, suggéra Amy. Ils ont pu le bâtir en tire-bouchon, par manque de place. S'ils ont les meilleurs artistes, ils doivent aussi avoir les meilleurs architectes.

Son frère approuva d'un hochement de tête.

– En vendant quelques tableaux à cinquante millions de dollars, on gagne assez d'argent pour bâtir ce qu'on veut. On peut même recruter une armée...

Il marqua une pause avant de reprendre d'un ton inquiet :

– Tu crois qu'ils ont une armée ?

Amy haussa les épaules en signe d'ignorance. Dans cette chasse au trésor, la seule donnée prévisible était que la famille Cahill était et resterait toujours totalement imprévisible. Et l'expérience leur avait appris à ne jamais sous-estimer leurs adversaires.

Brusquement, le couloir s'élargit, et ils se retrouvèrent devant un avion de combat de la Première Guerre mondiale grandeur nature, un biplan avec hélices et mitrailleuse. Sur chaque flanc de la carlingue figurait une tête d'Indien. Amy resta stupéfaite.

– C'est de l'art moderne ?

– Ça, ce n'est pas une œuvre d'art, rétorqua son frère, les yeux écarquillés. C'est le truc le plus cool que j'aie jamais vu.

– Un véritable avion ?

– Et pas n'importe lequel ! Il s'agit du chasseur Nieuport de Raoul Lufbery ! Un fou du ciel de la Première Guerre mondiale ! Sauf que… les Janus sont censés être des artistes, pas des pilotes de chasse, non ?

– Ça doit dépendre de ce qu'on entend par artiste, nuança Amy.

Elle désigna une vitrine adossée au mur, dans laquelle était exposée une collection d'arcs et de fusils.

– Le tir à l'arc, le tir à la cible, le combat aérien, reprit-elle. Dans le haut-parleur, ils ont aussi parlé de Houdini, qui était un as de l'évasion.

– Chouette, dit son frère. Ils commencent à me plaire, finalement, ces Janus.

– Dan, par ici !

Derrière la maquette d'un cockpit de F-15, Amy venait de découvrir un ascenseur en métal chromé. Il la rejoignit en courant et lut le panneau détaillant ce qui se trouvait à chaque étage.

– On va où ? Sculpture… cinéma… planning stratégique ? Qu'est-ce que ça vient faire là ?

– On n'est pas dans un simple musée, je te signale. Il s'agit d'une base d'opérations où toute la branche Janus planifie sa stratégie.

– D'accord, mais dans quel but ?

– Eh bien, pour découvrir les 39 clés, par exemple !

– N'importe quoi, rétorqua Dan. La chasse au tré-sor a été lancée à la mort de Grace. Les Janus n'ont pas pu construire un bâtiment pareil en quinze jours. Même en vendant des dizaines de tableaux.

– La compétition a commencé après l'enterrement *officiellement*, rectifia Amy. Mais les 39 clés existaient déjà du temps de Mozart… peut-être même avant. Je parie que les clans ont toujours été au courant. Et s'ils se battent depuis si longtemps, c'est justement pour mettre la main sur la fameuse récompense, le grand secret !

Les portes métalliques se refermèrent avec un sifflement et l'ascenseur entama sa descente dans les entrailles du bastion.

Dan se tourna vers sa sœur, paniqué.

– Tu as appuyé sur un bouton ?

Elle secoua la tête.

– Quelqu'un a appelé l'ascenseur !

Sa gorge se serra. Dans quelques secondes, les portes allaient s'ouvrir sur un Janus, qui compren-drait tout de suite qu'ils n'avaient rien à faire là.

Amy se mit à presser les boutons au hasard, dans l'espoir d'arrêter l'ascenseur avant sa destination. L'engin s'immobilisa avec une secousse. Les avait-il déposés à un étage plus sûr ?

« Le temps qu'on le sache, il sera trop tard pour réagir… »

D'abord, ils entendirent des voix… pas une, ni deux, mais le brouhaha d'une foule.

– Trouve une idée, vite ! supplia Dan.

Mais déjà, les panneaux chromés s'écartaient.

13. La salle des Mozart

Amy et Dan bondirent hors de l'ascenseur et filèrent se réfugier derrière une statue en bronze de Rodin. Ils risquèrent un coup d'œil dans le trou formé par l'angle de son bras. Ils se trouvaient dans une pièce assez vaste, surmontée d'une verrière. Au mur, des bannières représentaient des membres éminents du clan Janus. Amy fut impressionnée par tous ces visages célèbres : Walt Disney, Beethoven, Jules Verne, Elvis, Léonard de Vinci, Charlie Chaplin… La liste était longue.

Dans la pièce, une trentaine de personnes allaient et venaient entre trois estrades. Sur l'une d'elles se déroulait un spectacle de théâtre japonais. Sur la deuxième, un groupe d'artistes armés de bombes de peinture peignait une toile fixée à une roue en mouvement.

Sur la troisième, des escrimeurs en combinaison igni-fugée s'affrontaient à coups de fleurets enflammés.

– On est sur quelle planète ? chuchota Dan, ahuri.

– C'est incroyable, souffla-t-elle. Une organisation mondiale qui rend hommage à l'art et à la créativité ! Pourvu qu'on soit des Janus ! Bon, le problème va être de se faufiler incognito à travers tout ce monde.

Dan réfléchit.

– Au cinéma, qu'est-ce que tu regardes ? Le public ou l'écran ?

– Hein ? fit sa sœur, sourcils froncés.

– Le meilleur moyen d'arriver de l'autre côté, c'est de se fondre dans la masse.

Amy avait horreur de la foule. L'idée de se jeter au milieu d'une trentaine d'ennemis la fit frissonner. Mais elle n'avait pas de meilleur plan. Attendre était trop risqué. Tôt ou tard, ils se feraient repérer.

– OK, on tente le coup.

Ils sortirent de leur cachette, en s'efforçant de prendre un air détaché. Dan se mêla au public du com-bat d'épées. Amy rejoignit les spectateurs des peintres à la bombe, occupés à détacher de la roue leur dernière création : une explosion solaire de rouges et de jaunes. Elle n'aurait pas pu mieux tomber : à cet instant, la foule acclama les artistes. Amy applaudit également et se laissa gagner par l'exaltation, au point d'en oublier sa nervosité. Elle avait réussi ! Elle était l'une des leurs ! Emporté par son enthousiasme, un homme lui asséna une grande claque dans le dos qui la fit tituber.

Elle s'éloignait prudemment du fan surexcité, quand ses yeux tombèrent sur un panneau fléché :

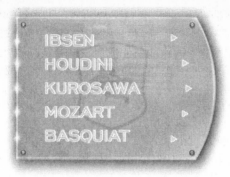

Mozart ! Évidemment ! Les Janus avaient forcément dédié une salle à leur compositeur le plus célèbre !

Elle capta le regard de son frère et pointa discrètement le menton vers la pancarte. D'un signe, il lui montra qu'il avait compris.

Zigzaguant parmi les spectateurs captivés, ils quittèrent la salle sans encombre et empruntèrent un nouveau couloir. Ils passèrent devant deux portes, avant d'atteindre un panneau annonçant MOZART : WOLFGANG, MARIA ANNA, LEOPOLD.

– C'est qui, Leopold ? demanda Dan.

– Leur père, l'informa Amy, un grand musicien lui aussi. Il a passé sa vie à cultiver le talent de ses enfants… enfin, surtout celui de Wolfgang.

Plus petite que les précédentes, la pièce était remplie de meubles et d'instruments de musique du XVIIIe siècle.

– Ils pourraient ouvrir leur propre musée Mozart, commenta Dan.

Longeant une vitrine pleine de partitions du sol au plafond, il se pencha vers un épais volume posé sur l'étagère du bas.

– Tiens, on dirait un livre écrit par le père de Mozart.

– *Méthode de violon*, déchiffra Amy. À l'époque, c'était la meilleure.

Elle s'arrêta devant un clavecin et lut les informations.

– Dan, tu te rends compte ? Mozart jouait sur ce clavecin quand il avait trois ans ! À l'âge où tu portais encore des couches, il appuyait sur les touches pour trouver « les notes qui s'aiment bien » !

– N'empêche qu'il portait peut-être des couches aussi, grommela son frère. Ce n'est pas parce qu'on est un génie qu'on sait aller sur le pot.

Amy se dirigea vers la vitrine centrale et découvrit, trônant sur un pupitre, trois feuilles jaunies couvertes d'une écriture à l'ancienne.

Une écriture très familière...

– Les pages manquantes du journal de Nannerl !

Dan accourut aussitôt.

– De quoi ça parle ?

Elle le fusilla du regard.

– Comment veux-tu que je le sache ? C'est écrit en allemand, crétin. Il faut qu'on les prenne pour les montrer à Nellie.

– Tu rêves, répliqua son frère.

Il désigna un curieux dispositif connecté à la vitrine d'exposition : une vive lumière faisait face à un petit plateau en porcelaine blanche.

– Un scanner rétinien, expliqua-t-il. J'en ai déjà vu en photo. Tu poses ton menton sur le plateau et la lumière lit ton iris. À tous les coups, celui-ci n'accepte que les yeux des Janus.

Amy digéra l'information.

– On a nos chances. Très exactement une sur quatre, puisqu'il y a quatre branches dans la famille.

– Ce qui nous laisse trois chances de finir en bouillie. Amy, ces types accrochent à un clou des tableaux qui valent une fortune. Le seul et unique truc qu'ils ont placé sous sécurité renforcée, ce sont ces trois pages. Si on se fait pincer en train de les piquer, on va le payer cher.

Amy s'écarta du scanner. Connaissant les Cahill, ils risquaient gros. Le jeu en valait-il vraiment la chandelle ?

Une voix bien connue interrompit ses pensées.

– Cette baraque est trop top, mec ! Maman ne m'avait pas dit que toutes ces pointures étaient des Cahill...

14. Amy se déchaîne

Livide, Dan se tourna vers sa sœur.

– Jonah ! articula-t-il sans bruit.

Amy l'attira derrière le clavecin, où ils se recroque-villèrent en retenant leur souffle.

– J'admets que c'est impressionnant, fit une autre voix à l'accent italien. Les Janus ont davantage contri-bué à la création artistique que toute autre famille dans l'histoire de l'humanité.

– Et ça continue, affirma Jonah.

– Voici une salle particulièrement intéressante pour des Américains, reprit l'inconnu. On peut y admirer le portrait le plus copié de tous les temps : celui de votre premier président, George Washington, imprimé sur vos billets de banque pendant plus d'un siècle. Ce

115

tableau a été peint par Gilbert Stuart en 1796. Son arrière-grand-mère était née Gertrude Cahill.

– Cool, commenta Jonah. Mais je croyais que ce portrait se trouvait au musée des Beaux-Arts de Boston.

– Celui dont vous parlez n'est qu'une première étude, répliqua son compagnon d'une voix méprisante. Seul un fragment de toile a été peint. Ce portrait-ci est… comment dites-vous ?

– L'original.

– *Esattamente*. La plupart des Janus nous ont offert leurs plus grands chefs-d'œuvre. Faites-moi penser à vous montrer la version achevée de la *Nuit étoilée* de Van Gogh. On y voit une éclipse de lune grandiose. Si vous voulez bien me suivre…

Amy risqua un coup d'œil.

L'homme qui accompagnait les Wizard était grand et maigre, avec des cheveux bruns attachés en queue-de-cheval. Le trio s'arrêta devant la vitrine centrale.

– Voici l'objet de votre visite, je crois, dit-il. Un extrait du journal de Maria Anna Mozart.

Amy et Dan échangèrent un regard horrifié. Avaient-ils fait tout ça pour que leur indice leur passe sous le nez ?

Jonah se pencha sur le scanner rétinien.

– Béton, le système de sécurité. Cette paperasse doit valoir un paquet de dollars.

– À vrai dire, nous ne savons pas nous-mêmes pourquoi ce document possède une telle valeur. Mais depuis des siècles, il fait l'objet de violentes querelles entre les différents clans Cahill. Il nous a paru sage de prendre quelques précautions.

M. Wizard intervint alors :

– Je refuse que Jonah passe un scanner rétinien, ses yeux sont assurés par la compagnie Lloyd's de Londres pour onze millions de dollars.

Il pianota sur son portable d'un air contrarié.

– Il n'y a même pas de réseau, ici.

– Relax, p'pa. Juste pour une fois. Ça ne craint rien.

Jonah posa le menton sur la tablette et fixa la lumière. On entendit un bip, et une voix de synthèse annonça :

– Confirmation : Wizard, Jonah. Mère : Wizard, Cora, membre du Haut Conseil des Janus. Père : Wizard, Broderick T., extérieur à la famille Cahill, accès restreint.

Ce dernier grogna, visiblement vexé de n'être qu'un citoyen de seconde zone au royaume des Janus.

M. Queue-de-Cheval enfila des gants en latex et en tendit une paire à Jonah. Puis il ouvrit la vitrine blindée, en tira les pages de Nannerl et les présenta à la star.

– Elles sont réservées à la consultation sur place, bien entendu. Vous n'êtes pas autorisés à les emprunter.

– Ma femme sera intéressée d'apprendre que vous gérez cet endroit comme un coffre-fort, grommela M. Wizard. Y compris pour son fils.

– C'est votre épouse elle-même qui a conçu notre protocole de sécurité, riposta sèchement le guide.

– C'est bon, p'pa, intervint Jonah d'un ton apaisant. Si maman est OK, je suis OK.

Les trois hommes quittèrent la salle. Amy bondit pour les suivre, mais Dan la retint.

– C'est quoi, ton plan ? siffla-t-il. Agresser Jonah pour lui piquer les feuilles en plein QG des Janus ?

– Si on le laisse filer, il va gagner la chasse au trésor, c'est sûr !

– Ce n'est pas en te faisant prendre que tu y changeras quelque chose ! On est sur son territoire ! Il faudrait se battre contre un gang d'artistes fous, prêts à nous trucider pour garder leurs trois pages adorées !

Amy prit un air surpris puis résolu.

– C'est vrai, ça. Ils feraient n'importe quoi pour défendre leurs œuvres d'art ! Viens !

Elle se rua dans le couloir. Son frère lui emboîta le pas, perplexe. Les Wizard se dirigèrent vers la grande salle et s'arrêtèrent pour admirer la performance des peintres. Dans une minute, ils seraient noyés dans la foule. C'était le moment ou jamais. Amy sauta sur l'estrade et arracha une bombe de peinture rouge des mains d'un artiste.

Jonah la montra du doigt.

– Hé, mais c'est…

Déjà, Amy était redescendue de l'estrade.

– Qui êtes-vous ? lui lança M. Queue-de-Cheval. Comment êtes-vous entrée ici ?

Ignorant ses questions, elle courut jusqu'au célèbre portrait de George Washington.

– Que personne ne bouge ! menaça-t-elle en tendant la bombe vers la toile. Sinon adieu, monsieur le président !

Les yeux de l'Italien s'élargirent d'horreur.

– Vous n'oseriez pas !

– Vous croyez ? intervint Dan. Regardez-la ! Il ne faudrait pas la pousser beaucoup !

Jonah glissa discrètement les pages de manuscrit dans son blouson.

– Qu'est-ce que vous voulez ? leur demanda-t-il.

– Ces papiers que tu essaies de cacher. Donne ! ordonna Amy.

– Ça ? Ce-c'est rien du tout ! bredouilla le rappeur. Des papiers à jeter ! Justement, je cherchais une corbeille…

Il n'arrivait pas à croire qu'il était en train de se faire doubler ici, au sein du QG de son propre clan.

– Plus vite que ça, gronda Dan.

– Tu rêves ! répliqua la star.

Amy brandit la bombe à trois centimètres du visage de George Washington.

– Attention, je vais appuyer !

– C'est du bluff, affirma Jonah.

Mais sous son air de défi, son assurance légendaire commençait déjà à se fendiller.

– Vas-y, frangine ! lança Dan à sa sœur. Repeins sa veste en rouge !

Amy hésita. Elle allait devoir saccager l'un des trésors les plus précieux des États-Unis. C'était ça, ou tout était perdu.

Elle prit une profonde inspiration et s'arma de courage pour commettre son forfait.

– Nooon !

Le cri strident de M. Queue-de-Cheval leur trans-perça les tympans.

– Prenez ce que vous voulez, mais ne touchez pas à ce tableau !

– Vous n'avez pas l'autorité d'en décider, protesta le père de Jonah, indigné. Contrairement aux apparences, cet endroit n'est pas un musée. L'enjeu est bien plus important qu'un vulgaire tableau ! Vous parlez de livrer des informations capitales à l'ennemi !

– Vous n'êtes pas un Janus, monsieur, s'emporta le conservateur. Les gens de votre espèce ne sont pas capables d'apprécier la valeur inestimable d'un tableau, encore moins celle d'un tel chef-d'œuvre !

– Dernière chance ! claironna Dan.

Jonah ne savait que penser. Il comprenait l'angoisse de M. Queue-de-Cheval : le portrait de George Washington était un monument de l'histoire américaine. Mais les pages du journal et les 39 clés pouvaient faire basculer le destin de la nation. Quel était le bon choix ? Nannerl ou le président ? L'avenir ou le passé ? Il se balançait d'un pied sur l'autre : il hésitait, ce qui n'était pas dans ses habitudes.

Amy croisa le regard de son frère. L'occasion était trop belle. Elle appuya sur la bombe et aspergea de peinture le visage des trois hommes. Pendant que ses victimes, aveuglées, s'essuyaient tant bien que mal les yeux, Dan arracha à Jonah les pages du journal. Il glissa son butin sous son bras et s'enfuit dans le couloir, Amy sur les talons. La dernière chose qu'ils entendirent, avant le hurlement strident de l'alarme, fut M. Queue-de-Cheval qui rassurait les Wizard :

122

– Ne vous inquiétez pas. Ils n'iront pas bien loin.

Amy et Dan filèrent, s'enfonçant toujours plus profond dans le complexe souterrain.

– On ne devrait pas monter, au lieu de descendre ? haleta le garçon. Sa sœur, tout aussi essoufflée, hocha la tête. La justesse de cette remarque la freina brusquement dans son élan. S'évader nécessitait de *sortir* du bastion. Ils couraient dans la mauvaise direction.

Mais tout à coup, derrière une pyramide de canettes – sans doute une sculpture d'art moderne – elle aperçut un escalier. Amy tira son frère par le bras.

– Vite ! Par ici !

Jonah débaroula, tout barbouillé de rouge.

– Hé, cousine ! Vous n'y arriverez jamais ! Revenez, on va négocier !

Ses cris étaient à peine audibles, couverts par le hurlement de la sirène.

Son père le rejoignit, suivi par Queue-de-Cheval et plusieurs autres Janus furieux, qui ne semblaient nullement disposés à négocier. Dan et Amy se transmirent le message de manière quasi télépathique : « Maintenant ! »

Ils foncèrent droit dans la sculpture, et la pyramide de canettes s'écroula sur leurs poursuivants, leur coupant la route.

Amy et Dan montèrent les marches quatre à quatre.

– Où on est ? Tu as une idée du chemin pour retourner au magasin de disques ?

– Non, mais il y a forcément une autre sortie ! affirma-t-elle.

Elle perdit courage en atteignant le palier suivant. Six mètres plus haut, la cage d'escalier était bloquée par une barrière métallique verrouillée.

Dan se jeta dessus et recula en se frottant l'épaule.

– Ouille !

Amy tenta d'ouvrir le cadenas.

– Pas moyen.

Une épaisse tenture séparait le palier d'une galerie qui, pour une fois, ne comportait pas de tableaux. Ils s'y engouffrèrent. Dan huma l'air.

– C'est quoi, cette odeur ?

– Les ordures, trancha Amy. Même les grands artistes doivent sortir les poubelles. Il faut bien qu'ils en fassent quelque chose. Il doit y avoir une sortie pas loin.

Ils avaient parcouru la moitié du couloir quand deux silhouettes en combinaison se dressèrent à l'autre bout. Des flammes dansaient à la pointe de leurs épées. L'un des peintres à la bombe apparut à côté d'eux. « Oh, non ! songea Amy, désespérée. Tout le QG est à nos trousses ! »

Ils firent volte-face, pour découvrir M. Queue-de-Cheval et les Wizard qui leur barraient la route.

Jonah secoua la tête d'un air compatissant.

– Tss tss tss… Je vous l'avais dit, les gars, vous ne sortirez pas d'ici.

Les deux groupes avançaient vers eux, les prenant en tenaille.

– Bon, là, il nous faudrait un petit miracle, marmonna Dan. Tu n'aurais pas ça dans ta poche, Amy ?

Sa sœur ne répondit pas. Elle fixait un levier fiché en plein milieu du mur. Le mot SAS y était inscrit en plusieurs langues. Il y avait deux positions : POMPE ACTIVÉE et POMPE DÉSACTIVÉE. Elle n'avait aucune idée de ce que c'était, mais elle était sûre d'une chose : ils n'avaient rien à perdre. Elle leva la manette vers POMPE ACTIVÉE.

Et Dan eut son miracle.

15. Course-poursuite sur les canaux

Un pan de mur coulissa pour révéler une sorte de puits vitré rempli d'eau, qui se vida entièrement en quelques secondes. Puis, avec un sifflement, le sas s'ouvrit, et ils découvrirent une échelle scellée dans la paroi. Il pouvait s'agir d'un piège, un piège mortel. Mais entre une issue possible et un cercle d'ennemis qui se resserrait, il n'y avait pas à hésiter. Dan et Amy s'engouffrèrent dans le conduit et se lancèrent à l'assaut des barreaux métalliques.

– D'où elle venait, toute cette eau ? s'étonna le garçon.

– On est à Venise, andouille ! Les canaux, ça t'évoque quelque chose ? Continue à monter !

Au-dessus de leurs têtes, le soleil de fin d'après-midi brillait à travers la grille d'une bouche d'égout.

Amy eut un bref mouvement de panique. Comment allaient-ils la soulever ? Ça pesait une tonne, ces trucs-là.

Ses craintes s'évanouirent lorsqu'elle vit son frère pousser la grille sur le côté.

– C'est du plastique ! gloussa-t-il.

Il se hissa hors du puits et aida sa sœur à s'en extirper. Ils se tenaient sur l'un des petits quais de pierre bordant les célèbres canaux de Venise. Dan regarda autour de lui, émerveillé.

– Waouh ! Il y a de l'eau partout ! Et les gens conduisent des bateaux au lieu de voitures !

– Certains Vénitiens ne posent pratiquement jamais le pied à terre, précisa Amy. On peut aller presque n'importe où en passant par les canaux.

Des pas résonnant sur l'échelle métallique interrompirent cet intermède culturel. Ils entendirent Jonah qui criait :

– Par ici !

Ils filèrent dans une ruelle.

– Hou là ! s'exclama Dan en s'immobilisant juste à temps.

L'allée prenait fin brutalement, coupée par un canal. Il avait bien failli prendre un bain – avec les pages du journal de Nannerl.

– Qu'est-ce qu'on va faire ? gémit Amy.

À cet instant, une vedette à moteur s'arrêta non loin d'eux. La jeune femme qui la pilotait l'amarra à un poteau, en sortit d'un bond et courut jusqu'à la maison la plus proche. Elle ne devait pas en avoir pour longtemps, car elle avait laissé le moteur tourner.

Amy n'eut aucun mal à deviner ce que son frère avait en tête.

– C'est du vol ! protesta-t-elle.

Mais Dan avait déjà sauté à bord.

– C'est juste un emprunt, et il y a urgence !

Il tira sa sœur sur le bateau et stabilisa la petite embarcation qui tanguait sous leur poids.

– Accroche-toi ! ordonna-t-il.

Et il poussa la manette des gaz à fond.

La vedette avança de cinquante centimètres, puis se cabra dans un rugissement assourdissant.

– On a oublié de la détacher !

Amy se pencha pour larguer l'amarre, et ils s'élancèrent dans l'étroit canal.

Deux secondes plus tard, la fausse plaque d'égout s'écarta de nouveau pour livrer passage aux Wizard et à M. Queue-de-Cheval, talonnés par plusieurs Janus. Ils coururent vers un autre quai, bondirent dans trois hors-bord et démarrèrent en trombe.

Dan zigzaguait entre les embarcations. Les frêles gondoles oscillaient comme des bouchons dans leur sillage, et les gondoliers les injuriaient en dressant un poing menaçant.

– Dan, c'est de la folie ! s'écria Amy, tremblante. Tu n'as jamais piloté un bateau !

– Bah, c'est pareil que sur la Wii !

Bam ! Le boudin en caoutchouc qui protégeait l'avant heurta un quai. Amy fut projetée sur le plancher. Dan évita de justesse le même sort en se retenant à une poignée.

– OK, on oublie la Wii, lança-t-il. Disons plutôt les autos tamponneuses ! J'adore ! Tu te souviens, à la fête foraine ?

Sa sœur, à quatre pattes, s'agrippait des deux mains au bastingage.

– Arrête de jacasser et sors-nous de là !

Il suivit son regard. Derrière eux, les Janus gagnaient du terrain. Les Wizard fermaient la course en slalomant entre les gondoles. Dan voulut virer, mais s'y prit un peu tard. Dans un bruit de métal froissé, la vedette rebondit contre un bateau amarré et ricocha au milieu du canal.

Amy avait blêmi.

– Tu vas nous faire couler !

– Tu préfères peut-être que les Wizard s'en chargent ? riposta-t-il.

Juste devant eux, la voie se divisait en trois canaux. Dan choisit celui de gauche, minuscule, tortueux et peu engageant. Il y avait une petite chance pour que les Janus passent à côté.

– Super idée d'avoir construit ces canaux ! déclara Dan.

– C'est naturel, rectifia sa sœur. En fait, Venise est un ensemble de petites îles si rapprochées que l'espace qui les sépare forme des canaux.

– N'empêche, c'est top. Je voudrais juste que ce fichu bateau aille plus vite.

Amy jeta un coup d'œil inquiet en arrière.

– On dirait qu'on les a semés…

– Pas pour longtemps, à mon avis, fit son frère, sceptique. Écoute, si les Janus nous rattrapent, il vaudrait mieux qu'ils ne trouvent pas ces pages sur nous. On devrait s'en débarrasser.

– Tu rigoles ? On a failli se faire tuer pour les sortir de leur QG !

– C'est pour ça qu'il faut les cacher dans un endroit sûr. Ensuite, on attend que les choses se calment et on va les récupérer !

– Mais on ne connaît même pas Venise ! objecta Amy. On risque de ne jamais les retrouver !

– Raison de plus pour choisir une cachette qu'on ne pourra pas oublier.

– Comme quoi ?

– Comme *ça*.

Ils passèrent alors près d'un bateau de plaisance, amarré devant une petite église. Son nom était peint sur la coque : le *Royal Saladin* !

Dan coupa le moteur pour approcher sans bruit.

– On va trop vite ! prévint Amy.

La collision qui suivit faillit la faire basculer par-dessus bord.

– Tu es obligé de piloter comme un malade ? aboya-t-elle.

– Je trouve que je ne m'en sors pas si mal, fit-il, vexé. Tu nous stabilises ?

Amy agrippa la rambarde du *Royal Saladin* et, à sa grande surprise, réussit sans peine à accoler les deux bateaux. Dan sauta à bord pour chercher une cachette.

– Choisis un endroit bien au sec, lui recommanda sa sœur. Si les papiers sont mouillés, c'est la catastrophe.

– Bien reçu.

À l'arrière était aménagée une sorte de banquette en demi-cercle, garnie de coussins imperméables. Dan en prit un, ouvrit la housse plastifiée, sortit les pages de son blouson et les glissa à l'intérieur.

Amy en profita pour repérer le nom de l'église, gravé sur la façade : San Luca.

À peine Dan avait-il regagné la vedette qu'un grondement de moteur leur vrilla les oreilles : les trois bateaux des Janus surgirent derrière eux. Dressé à l'avant du premier hors-bord, telle une figure de proue, Jonah Wizard les montra du doigt.

– Vite ! s'exclama Amy.

Son frère mit les gaz et la vedette s'élança dans un nuage de fumée noire. Malgré leur avance, ils n'avaient aucune chance de distancer leurs poursuivants, plus rapides. Leur seul espoir était de les semer dans le labyrinthe des canaux. Mais ils n'en eurent pas l'occasion. Juste devant eux, l'étroit chenal débouchait sur une large voie d'eau grouillante de trafic.

– Le Grand Canal, souffla Amy, émerveillée. Là, c'est le Rialto, l'un des ponts les plus célèbres du monde !

– Je n'ai pas besoin d'une visite guidée, seulement d'un endroit où disparaître, grommela son frère.

Il engagea la vedette tant bien que mal sur le Grand Canal. Jonah et les Janus n'étaient plus qu'à cinq cents mètres, et l'écart ne cessait de se réduire. C'est alors que Dan repéra un immense yacht étincelant, juste avant le pont du Rialto. Il crut d'abord qu'il était amarré, avant de s'apercevoir qu'il dansait doucement sur l'eau, à quelques mètres du quai.

« Si on arrive à se faufiler derrière ce truc... »

Dan dirigea la vedette vers le petit espace entre le yacht et le quai. Amy avait compris.

– Tu veux qu'on se cache là ?

– *Sì, ragazza.*

– Tu es sûr que ça passe ?

Dan n'était sûr que d'une chose : il était trop tard pour reculer. Il ne lui restait plus qu'à mettre son plan à exécution. Et à croiser les doigts.

16. Collision

Les yeux rivés sur la poupe, Amy guettait l'apparition de leurs poursuivants. Dan coupa les gaz et la vedette se glissa discrètement dans l'ombre du yacht au moment même où le bateau de Jonah déboulait dans le Grand Canal.

Toujours à la proue, la jeune star tournait la tête de tous côtés, sans parvenir à repérer ce qu'il cherchait.

Son père referma son portable d'un air dégoûté.

– J'ai appelé tous nos contacts dans les stations de radio vénitiennes. Ils n'ont aucun hélicoptère de surveillance en vol pour l'instant.

– Leur bateau est lent, observa Queue-de-Cheval. Ils ne peuvent pas être bien loin.

– Mieux vaut se séparer, proposa Jonah. Nous, on passe sous le pont et on continue. Dites à vos gars de chercher dans l'autre sens.

Queue-de-Cheval cria ces instructions aux deux autres hors-bord, qui prirent la direction opposée, vers la baie de San Marco. Puis celui des Wizard redémarra et fonça en rugissant sous le pont du Rialto.

– Ils sont partis, chuchota Amy en glissant un œil par-dessus bord. Et maintenant ?

– Je ne sais pas. Franchement, je suis étonné que ça ait marché.

– Profitons-en pour récupérer les pages du journal, le pressa sa sœur. À mon avis, les Janus ne vont pas nous laisser tranquilles très longtemps.

Dan enclencha le moteur et sortit de sa cachette en marche arrière.

– Je m'améliore. Je n'ai rien percuté depuis au moins dix minutes.

– Un vrai miracle, commenta sa sœur.

Un grondement assourdissant les fit sursauter. Des remous apparurent derrière le gros yacht.

– Il démarre ! dit Amy. On a eu chaud !

Tandis que leur petite vedette s'aventurait au milieu du canal, le yacht se mit en route. Il les collait de si près que son ombre les recouvrait presque entièrement.

– Je vais prendre un peu de distance, décida Dan. Ce monstre serait capable de nous passer dessus sans nous voir !

Ils s'engagèrent dans une étroite voie d'eau en direction de l'église San Luca.

– Dan… Regarde !

Le yacht manœuvrait habilement pour tourner à son tour.

– Il faut être fou pour piloter un tank pareil dans un petit ruisseau ! s'exclama Amy. Il va rester coincé !

– Je ne vois qu'une seule explication, répondit Dan sombrement. Il nous suit.

– Pourtant ce n'est pas un Janus !

– N'empêche.

Dan accéléra, et le yacht se régla aussitôt sur sa vitesse. Ce n'était pas la peine d'essayer de le semer. Ils longèrent l'église et atteignirent le petit pont où le *Royal Saladin* était arrimé. En se retournant, Amy eut la surprise de voir le yacht s'arrêter.

– Qu'est-ce qu'il fabrique ? se demanda Dan. Il abandonne la poursuite ?

– Il est trop haut pour passer sous le pont !

– *Yes !* s'exclama Dan triomphalement. Bien fait pour lui !

Il mima un geste grossier à l'adresse du yacht, qui faisait maintenant machine arrière.

– On ne peut pas récupérer les pages tout de suite, déclara Amy. Ceux qui sont sur ce yacht pourraient nous voir.

– Pas de problème. On va faire un petit détour par sécurité.

À toute allure, il slaloma à travers de minuscules canaux, impraticables pour un bateau plus grand.

– Écartez-vous, marins d'eau douce ! Le capitaine Dan arrive ! Oups !

La vedette venait de faire une embardée en rasant un quai.

– J'espère que tu sais où on est, dit Amy, non sans inquiétude.

Dan s'engouffra dans une petite voie, aussi étroite que les précédentes, qui débouchait sur le Grand Canal.

– Relax. À partir de là, je peux retrouver le *Royal Saladin* les doigts dans le nez !

Il poussa le moteur au maximum, sans se soucier de ses grondements de protestation. Plus que quelques secondes, et ils seraient sur le Grand Canal.

– Ha ! ha ! claironna Dan, les cheveux au vent. Ce n'est pas une coquille de noix d'un million de dollars qui va arrêter le capitaine Dan !

Brusquement, un mur de métal brillant se dressa devant eux. Le gros yacht leur bloquait le passage de toute sa longueur.

Dan tenta désespérément de faire marche arrière, mais il était trop tard. La vedette cala et fonça tout droit.

Amy hurla. Dan ferma les yeux. Il n'y avait rien d'autre à faire.

La vedette se jeta sur la coque d'acier, où elle se brisa comme un vulgaire jouet.

Puis, ce fut le noir.

17. « Méfiez-vous des Madrigal »

Amy se trouvait dans une curieuse salle souterraine creusée dans le sous-sol calcaire de Paris.

Sur le mur, en face d'elle, une fresque aux couleurs fanées représentait quatre frères et sœurs Cahill : Luke, Thomas, Jane et Katherine. Les fondateurs des quatre clans : Lucian, Tomas, Janus et Ekaterina. À l'arrière-plan, une maison brûlait. Déjà en ce temps-là, des siècles auparavant, violence, conflits et drames secouaient la famille. « Et on continue à s'entredéchirer, songea Amy. Cette fois, pour trouver les 39 clés. Pour quoi se battaient-ils, à l'époque ? »

À cette image succéda celle d'une autre bâtisse en feu. Dans un sursaut douloureux, Amy reconnut la maison de son enfance. Ses malheureux parents, prisonniers à l'intérieur...

Le chagrin la submergea comme un raz-de-marée.

« Je ne veux plus voir ça... »

Une autre scène lui revint : l'enterrement de leurs parents. Tout était noir – les nuages, les costumes, les voilettes. Les visages aussi étaient sombres. Dan, trop jeune pour mesurer l'ampleur de la tragédie qui venait de s'abattre sur eux, Grace, leur horrible tante Béatrice et maître MacIntyre, ami ou ennemi ?

À l'écart du cimetière, elle distingua dans le brouillard une silhouette vêtue de noir.

L'image se précisa : des cheveux gris, des yeux perçants. L'homme bougeait les lèvres. Il l'appelait. Que lui disait-il ?

– Amy...

Elle se réveilla en sursaut. À genoux à côté d'elle, Dan la secouait doucement. Elle était allongée sur une étroite couchette, et trempée jusqu'aux os. Son T-shirt et son jean glacés lui collaient à la peau. Ses orteils barbotaient dans ses baskets spongieuses. Elle était couverte de bleus et de bosses. Elle avait mal partout. Elle constata que Dan avait la lèvre enflée et la joue balafrée.

La vedette. L'accident... Amy se redressa.

– Où on est ?

La pièce était minuscule mais étonnamment luxueuse. Les cloisons étaient tapissées de riches lambris de bois sombre. Des poignées en cuivre étincelant ornaient tiroirs et placards.

– Chut, murmura son frère. Je crois qu'on est sur le yacht.

Elle se leva en titubant. Le plancher était légère-ment incliné. L'eau clapotait sous l'embarcation. Elle posa les yeux sur l'écoutille, fermée.

– La porte est verrouillée, reprit Dan en suivant son regard. J'ai entendu des voix, mais je n'ai pas reconnu celle de Jonah.

– Ça ne me dit rien qui vaille, commenta sa sœur. Imagine qu'on ait échappé aux Janus pour tomber aux mains d'un adversaire encore pire ?

– Tu penses à qui ? demanda Dan.

Elle se mordit la lèvre.

– Aux Madrigal ?

Ils ignoraient tout de ces mystérieux ennemis, à part une petite phrase inquiétante de William MacIn-tyre : « Méfiez-vous des Madrigal. » L'air soucieux, le notaire avait refusé de leur en apprendre davantage. De toute évidence, il s'agissait d'un groupe infiniment puissant et mortellement dangereux, mêlé à la quête des 39 clés.

La porte s'ouvrit à la volée.

– Qu'est-ce que vous savez sur les Madrigal ?

Un visage au teint mat, encadré de cheveux noirs, apparut. Ian Kabra, toujours aussi beau. Amy s'en voulait d'être aussi sensible à son charme. Il était suivi de près par sa sœur Natalie.

Amy et Dan n'étaient donc pas aux mains des Madrigal ; mais cela ne valait guère mieux. Les Kabra étaient les plus impitoyables de leurs adversaires. Comme Irina Spasky, ils faisaient partie des Lucian, le clan des conspirateurs sans scrupules.

Dan leva le menton d'un air de défi.

– On en sait plus que vous, en tout cas !

Natalie leva les yeux au plafond.

– Personne ne connaît les Madrigal. D'ailleurs, personne n'est vraiment sûr de qui ils sont.

– Personne sauf Grace, lâcha Dan. Et elle nous l'a dit !

– Menteur ! riposta Ian, furieux.

Dan eut un sourire moqueur.

– Oh, monsieur est susceptible ! Je parie que tu ne supportes pas qu'on en sache plus que toi !

– Nos parents ne nous cachent rien ! rétorqua Ian, hautain. Pas comme votre chère Grace, qui ne vous avait jamais parlé de cette chasse au trésor.

– Du calme, intervint sa sœur. Il essaie juste de te mettre en rogne… et ça marche. Pour un génie plus malin qu'un superordinateur, tu as vraiment des réactions idiotes, parfois.

– Qu'est-ce que vous voulez ? demanda Amy.

– Seulement ce que vous avez volé chez les Janus, répondit Natalie, sans surprise.

Dan croisa les bras, buté.

– On ne voit pas de quoi tu parles.

– Arrête de jouer les imbéciles, gronda Ian. Même si tu en es un…

– On a des caméras de surveillance dans tout Venise, coupa sa sœur. Et on sait que le QG des Janus débouche quelque part dans le réseau des canaux. En vous voyant sortir d'une bouche d'égout avec Jonah aux trousses, on n'a eu aucun mal à deviner d'où vous veniez !

– C'est vrai, admit Amy, on est entrés dans leur QG. Mais on n'a rien pris. Il n'y a qu'une galerie d'art, là-dedans.

– Fouillez-nous, si vous ne nous croyez pas, suggéra Dan.

– Comme si ce n'était pas déjà fait, fit Natalie d'un ton las. Tu as maigri, Amy. Cette chasse au trésor ne te réussit pas, on dirait…

– Donc vous devez savoir qu'on dit la vérité, répliqua l'intéressée en ignorant la pique.

– Vous êtes répugnants, tous les deux, cracha Ian. À croire que vous sortez des égouts…

– On sort des égouts, justement, riposta Dan.

– Ça n'aurait pas été une grande perte si vous étiez restés piégés comme des rats dans l'explosion du tunnel, à Salzbourg.

– Alors c'était vous ! lança Amy d'un ton accusateur.

Ian ricana.

– Tu n'imagines pas comme ça a été facile de convaincre Alistair de s'allier à nous ! On aurait dû lui donner une bombe plus puissante, à ce vieux croûton. On serait débarrassés de vous trois, à l'heure qu'il est.

– Laisse tomber, Ian, soupira Natalie. Ils n'ont rien. Capitaine !

Un grand gaillard en tenue de marin apparut dans l'escalier.

– Oui, mademoiselle ?

– Débarrassez-nous de ces passagers clandestins.

– On n'est pas des passagers clandestins ! protesta Dan. Vous avez coulé notre vedette, on a failli se noyer dans le canal !

– Exact, reconnut Ian. Vous n'avez qu'à les y remettre, capitaine. Et sans ménagements, s'il vous plaît.

Impassible, le capitaine traîna Dan et Amy sur le pont d'une poigne de fer.

La nuit était tombée, et les lumières de Venise brillaient autour d'eux. Ils voguaient lentement sur le Grand Canal, à cinq mètres du quai.

– Allez, m'sieur, l'implora Dan. Soyez sympa.

L'homme ne trahit aucune émotion.

– J'ai des ordres.

D'une poussée, il le fit basculer par-dessus la rambarde. Dan replia les genoux et heurta la surface de l'eau comme un boulet de canon. Amy le rejoignit quelques secondes plus tard. L'eau était glacée. Le cœur battant à tout rompre, ils gagnèrent le bord et se hissèrent sur la digue. Dan s'ébroua comme un chien mouillé.

– Bon, allons chercher ces pages de journal.

– Laisse tomber, objecta sa sœur en claquant des dents. On ne découvrira pas les 39 clés si on est malades. Il faut d'abord rejoindre Nellie et mettre des vêtements secs.

Dan jeta un regard noir sur le yacht qui s'éloignait.

– Je veux bien un lance-grenades, aussi.

– Ne t'occupe pas des Kabra. Le meilleur moyen de se venger d'eux, c'est de gagner.

– Là, je suis d'accord avec toi, admit son frère. Mais on ne sait pas où est Nellie ! J'ai l'impression que ça fait des siècles qu'on l'a laissée au magasin de disques.

– T'inquiète, elle ne sera pas repartie sans nous, répondit Amy sans hésiter. La boutique s'appelait le *Disco Volante*. Espérons que les chauffeurs de bateaux-taxis la connaissent.

146

Dan plongea la main dans sa poche trempée.

– Et qu'ils acceptent les euros mouillés, compléta-t-il.

Jamais Nellie Gomez ne s'était fait autant de souci.

Elle s'affala avec les sacs sur un banc devant le *Disco Volante*, sous le faible éclairage d'un lampadaire. Le vendeur avait fermé le magasin une heure plus tôt, sans s'apercevoir qu'elle était toujours là.

Où étaient les enfants ? Comment deux gamins pouvaient-ils entrer dans un magasin et ne jamais en ressortir ?

– *Mrraw*, commenta Saladin, assis sur ses genoux.

– Pour toi, c'est facile à dire, reprit Nellie d'une voix tremblante. Tu n'es pas responsable de ces deux gamins.

Cela faisait presque quatre heures… quatre heures passées à ruminer une unique question : quand serait-il temps d'appeler la police ?

Ils n'en avaient jamais discuté, parce que cela avait toujours été impensable. Si la police intervenait, Amy et Dan seraient renvoyés aux États-Unis et finiraient dans un foyer pour enfants du Massachusetts. Mais Nellie commençait à craindre qu'il n'y ait pas d'autre moyen de leur sauver la vie. Et tant pis pour la chasse au trésor.

– Attends-moi ici, Saladin, dit-elle en se levant.

Elle n'avait aucun plan d'action. Balancer une brique dans la vitrine du magasin pour le fouiller de fond en comble ? Elle s'était déjà fait arrêter en Autriche ; pourquoi pas en Italie ?

C'est alors que deux silhouettes sombres tournèrent au coin de la rue et s'avancèrent d'un pas prudent. Nellie se cacha dans le renfoncement d'une porte pour les observer. Un homme et une femme, ou plutôt un garçon et une fille...

En reconnaissant Amy et Dan, elle leur sauta au cou.

– J'ai eu une de ces peurs ! J'étais sur le point de... Mais vous êtes trempés !

– C'est une longue histoire, soupira Amy. On doit se changer et, ensuite, aller récupérer quelque chose. Donne-nous nos sacs.

– On t'expliquera en route, ajouta Dan.

Ils s'abritèrent sous un porche et se déshabillèrent en grelottant. Mais le simple fait de se démener pour enfiler des vêtements secs les réchauffa déjà un peu. Restait le plus difficile : regagner l'église San Luca à pied, plutôt que par les canaux. Après avoir erré un moment, ils tombèrent sur un plan de la ville et purent repérer leur trajet à travers les ponts et les ruelles.

– Incroyable ! s'exclama Amy. À partir d'un tas de cailloux, les fondateurs de Venise ont construit l'une des plus belles villes du monde !

– J'aurai moins de mal à m'intéresser à ton cours d'histoire quand on aura récupéré les pages de Nannerl, marmonna Dan.

Ils tournicotèrent dans les ruelles étroites, avec l'impression d'être des rats dans un labyrinthe. Plusieurs fois, ils entrevirent leur but sans pouvoir l'atteindre parce qu'un canal leur bloquait la route. Pour ne rien arranger, il faisait noir. Venise comptait des centaines d'églises, de dômes et de clochers qui se ressemblaient tous. Ils mirent plus d'une heure pour arriver à destination.

– C'est ici, déclara Dan. Voilà le pont.

Le seul bruit de la ville était le ronronnement lointain de bateaux à moteur. Les enfants laissèrent Nellie et Saladin sur les marches de l'église, et contournèrent la bâtisse.

– Regarde ! dit Amy en tendant le doigt vers le canal.

Un vieil escalier de pierre descendait vers l'eau. Ils y coururent et se figèrent. Le quai était bien là, sous le pont.

Mais le *Royal Saladin* avait disparu.

18. « Qu'ils mangent de la brioche ! »

– Du calme. Ce n'est pas le moment de paniquer, raisonna Amy.

– Facile à dire, répliqua son frère d'un ton amer. Où est passé ce fichu bateau ?

– Oh, Dan ! Quelle idée d'avoir caché les pages du journal sur une vedette qui pouvait à tout moment lever l'ancre et filer !

Il explosa :

– Comme si j'avais eu le choix, mademoiselle Parfaite ! On avait la moitié du clan Janus à nos trousses ! Et toi, qu'est-ce que tu as fait pour m'aider ? Rien à part répéter : « Oh, tu ne sais pas piloter ! » Tu n'as que ces mots-là à la bouche : « tu ne peux pas », « tu ne dois pas », « tu n'as pas le droit »…

N'empêche que, sans moi, je me demande ce que tu ferais.

– Sans toi, je n'aurais pas perdu les pages du journal.

– Les Cobra nous les auraient piquées si je ne les avais pas cachées sur le *Royal Saladin* ! riposta son frère. Tu crois que je ne comprends pas ce qui est en jeu ! Mais c'est toi qui ne comprends rien ! À ton avis, lequel de nous deux est le plus doué pour la stratégie et la compétition ?

Elle le foudroya du regard.

– Sauf qu'il ne s'agit pas d'arroser le quartier avec des bombes à eau !

– Tu vois ? Tu continues à me traiter comme un bébé ! D'accord, j'aime les bombes à eau ! Et les pétards ! Ça m'amuse de faire des expériences !

– Oh, une vraie petite Marie Curie !

– Au moins, j'essaie des trucs, persista-t-il. C'est toujours mieux que de rester assis à se ronger les ongles en se demandant : « J'y vais ou j'y vais pas ? »

Sa sœur poussa un soupir pitoyable.

– C'est bon. Excuse-moi. Tout ça ne répond pas à la question à un million de dollars : « Qu'est-ce qu'on fait maintenant ? »

Dan haussa les épaules. Il n'était pas disposé à accepter ses excuses, mais n'avait rien à gagner à entretenir la dispute.

– On attend, trancha-t-il. Qu'est-ce qu'on peut faire d'autre ? Le bateau s'est amarré ici une fois. Il a des chances de revenir.

Amy prononça les paroles qu'il redoutait :

– Et s'il ne revenait pas ? Si on avait perdu les papiers pour de bon ?

Dan n'avait pas de réponse. D'un seul coup, la fatigue accumulée durant les dernières heures lui tomba dessus. La traversée des Alpes, la poursuite de la limousine, le *Disco Volante*, le QG des Janus, la course sur les canaux, les Cobra... Et maintenant, ça.

Il n'avait plus qu'une envie : s'allonger là, sur le trottoir, et dormir une année entière. Il était épuisé, vidé de toute énergie. Il se sentait vieux à onze ans.

Sa sœur dut s'en apercevoir, car elle le prit par les épaules tandis qu'ils retournaient à l'église pour faire part de ce dernier rebondissement à leur jeune fille au pair.

– On risque de patienter un moment, lui dit Amy. Tu devrais trouver un hôtel pour dormir quelques heures, Nellie.

– Si vous croyez que je vais encore vous laisser seuls, vous avez bu trop d'eau du canal. Retournez sur le quai. Je reste ici.

– *Mrraw*, ajouta Saladin d'un air assoupi.

Savoir que Nellie (et le chat) veillait sur eux leur remonta un peu le moral. Au moins, ils n'étaient pas seuls au monde. Mais alors qu'ils patientaient dans la pénombre derrière la vieille église, l'angoisse les reprit. S'ils ne récupéraient pas les papiers glissés dans le coussin du *Royal Saladin*, ils auraient risqué leur vie pour rien.

Ils avaient tout misé sur cette quête. S'ils déclaraient forfait, ils ne seraient plus que des fugitifs recherchés par les services sociaux. Des orphelins sans foyer, sans passé ni avenir, à des milliers de kilomètres de leur univers familier.

Les minutes passaient aussi lentement que des mois, comme s'ils étaient tombés dans une faille spatio-temporelle. Ils se recroquevillèrent pour se réchauffer, glacés par l'humidité et l'angoisse. Amy regardait les lumières de Venise danser sur l'eau.

– C'est bizarre, non, qu'il puisse arriver autant de trucs moches dans une ville aussi belle ?

Dan n'était pas sur la même longueur d'onde.

– Et si on volait un autre bateau ? Comme ça, on pourrait fouiller les canaux. Le *Royal Saladin* est forcément quelque part.

Il la fixa avec le plus grand sérieux avant d'ajouter :

– Il est hors de question qu'on abandonne.

– Qui nous dit que le *Royal Saladin* ne va pas revenir une minute après notre départ ? On y est, on y reste.

Dan ne pouvait pas concevoir pire torture. Plutôt faire n'importe quoi – même une bêtise – que de se tourner les pouces. La première heure fut pénible. La deuxième fut une véritable épreuve. Ils entamèrent la troisième dans un état d'engourdissement total, sombrant dans le désespoir à mesure que les bruits de la ville diminuaient. Enfin, ils n'entendirent plus que le clapotis de l'eau et un air d'accordéon.

Ils se penchèrent en avant tous les deux en même temps. La musique se rapprochait !

Un bateau apparut au détour du canal, illuminé comme un sapin de Noël. Sur le pont arrière, à l'air libre, les passagers dansaient, chantaient, riaient.

Amy et Dan en auraient crié de joie. C'était le *Royal Saladin* !

– Une fête ? fit Dan.

– Un mariage ! souffla Amy.

Près de la cabine, les jeunes époux s'embrassaient sous une pluie de pétales lancés par les demoiselles d'honneur. Les gens levèrent leur coupe de champagne. Ils devaient être une quinzaine entassés sur la petite embarcation, sans oublier l'accordéoniste, perché en équilibre instable sur un plongeoir.

Dan chercha des yeux le coussin dans lequel il avait caché les pages.

– Il y a cinq mille bateaux à Venise, et il a fallu qu'on tombe sur celui de Roméo et Juliette. Qu'est-ce qu'on fait ? La fête peut durer toute la nuit.

– Ça m'étonnerait, répondit Amy. Regarde !

Deux hommes en smoking tentaient d'amarrer le *Royal Saladin*. Ils durent s'y reprendre à plusieurs fois, et l'un d'eux faillit passer par-dessus bord. Lorsqu'ils finirent par y parvenir, les invités commencèrent à débarquer. Amy et Dan se tapirent derrière un muret tandis que la troupe montait les marches de l'église. Juste avant de quitter le bateau, le dernier passager prit un coussin qu'il serra contre son cœur. Sous les rires de ses amis, il gagna le quai en valsant au son de l'accordéon.

Les enfants, eux, se figèrent. C'était le coussin qui contenait leurs précieuses pages.

Le front de Dan se couvrit de sueur. « À quoi il joue, ce crétin ? Peut-on être assez bête pour emporter un coussin à un mariage ? »

À la dernière minute, l'homme lança le précieux coussin à bord et rejoignit le reste de la compagnie. Le groupe traversa le cimetière et pénétra dans l'église. Quand la lourde porte se referma, Amy et Dan n'avaient pas bougé. Après toutes les catastrophes de la journée, ils s'attendaient presque à recevoir une pluie de météorites s'ils osaient faire un geste.

Enfin, Dan se redressa.

– Viens. Allons chercher nos pages avant qu'elles partent en lune de miel.

Leur chambre d'hôtel ne coûtait pas cher, essentiellement parce qu'elle ne donnait pas sur les canaux – condition expressément posée par les enfants.

– Plus de canaux, avait décrété Dan. À bas les canaux !

Pendant que ses protégés se détendaient sous une longue douche chaude, Nellie se pencha sur le document qui contenait les informations les plus surprenantes.

– Vous n'allez pas le croire, les gars ! annonça-t-elle. Pas étonnant que ces pages aient été arrachées ! Nannerl n'arrête pas de répéter à quel point elle est inquiète. Elle pensait que son frère était en train de devenir fou !

– Fou comment ? demanda Dan. Le genre qui marche sur les mains et qui parle en vers ?

– Mozart était de plus en plus endetté, expliqua Nellie en suivant du doigt l'écriture ronde de Nannerl.

Il dépensait bien plus d'argent qu'il n'en gagnait. Mais le plus embêtant, c'est qu'il n'achetait que des trucs bizarres et inutiles. Il se faisait livrer des ingrédients hors de prix d'outre-mer.

Au mot « ingrédients », Amy tendit l'oreille.

– Vous vous souvenez de la solution de fer ? Ça aussi, c'était un ingrédient ! Je sens qu'on est sur la bonne piste !

– Mozart était plongé jusqu'au cou dans cette affaire, acquiesça Dan. Comme Benjamin Franklin.

Nellie passa à la page suivante.

– Justement, le journal parle aussi de Franklin... tenez, c'est là. Ils correspondaient régulièrement, tous les deux. Vous savez comment Nannerl l'appelle ? « Notre cousin américain ». Et vous ne devinerez jamais qui était aussi une Cahill : Marie-Antoinette, rien que ça !

– On est de la famille de la reine de France ! s'exclama Amy, impressionnée.

– Et donc, de la famille royale d'Autriche, précisa Nellie. Mozart et Marie-Antoinette se connaissaient depuis l'enfance. Lorsqu'elle a épousé le futur Louis XVI et qu'elle est partie vivre en France, elle lui a servi d'intermédiaire avec Franklin.

Abasourdie par cette avalanche de révélations, Amy faillit passer à côté des notes inscrites d'un trait léger dans la marge.

– C'est l'écriture de Grace ! souffla-t-elle, à la fois étonnée et émue. Je la reconnaîtrais entre mille.

Dan sursauta.

– C'est notre grand-mère qui a arraché les pages du journal ?

– Pas forcément, répondit sa sœur. Mais elle les a eues entre les mains à un moment ou à un autre.

Elle se pencha sur les pattes de mouche de Grace et lut à haute voix :

Le mot qui lui a coûté la vie, moins l'âge.

Dan poussa un soupir exaspéré.

– Clair comme de l'eau boueuse.

– Qu'est-ce que vous avez dans cette famille ? s'emporta Nellie. Pourquoi vous faites toujours des mystères ? Vous ne pouvez jamais dire les choses simplement ?

– Dans ce cas, on ne serait pas à la recherche des 39 clés, remarqua Dan. On nous aurait donné le trousseau dès le début.

De son côté, Amy était pensive.

– Vous connaissez la phrase la plus célèbre de Marie-Antoinette ? Quand on lui a expliqué que le peuple se soulevait parce qu'il n'avait pas de pain, elle a répondu : « Qu'ils mangent de la brioche ! »

– Et ça l'a rendue célèbre ? fit Dan avec une moue dubitative.

Amy leva les yeux au ciel.

– Réfléchis un peu ! Il n'y avait pas de brioche ! Il n'y avait rien à manger ! Cette phrase montre que les riches ne connaissaient rien aux besoins des pauvres. Ça a mis le peuple en colère et accéléré la Révolution. Et Marie-Antoinette a fini guillotinée.

– Continue, ça m'intéresse, commenta Dan.

Nellie haussa les sourcils.

– Tu veux dire que le mot qui lui a coûté la vie, ce serait « brioche » ?

– Moins l'âge, ajouta Amy. Qu'est-ce que ça peut signifier ?

– Voyons..., reprit la jeune fille au pair. Marie-Antoinette parlait français, donc...

– Une minute, la coupa Amy. Je sais ! Grace me l'a expliqué quand j'étais petite !

– Comment fais-tu pour te rappeler toutes les anecdotes qu'elle t'a racontées ? s'exclama Dan. Elle est morte il y a quelques semaines et je n'arrive même plus à me souvenir de sa voix !

– Ces vieilles histoires sont super importantes ! insista Amy. Pendant toutes ces années, je crois qu'elle avait une idée derrière la tête. Elle nous préparait pour cette chasse au trésor... en nous donnant des bribes d'informations.

– Et alors, c'était quoi, cette fameuse histoire ? demanda Nellie.

– Quand on répète la phrase de Marie-Antoinette, on utilise toujours le mot « brioche ». Grace m'a précisé qu'en fait elle avait employé le mot « gâteau ».

Dan fronça les sourcils.

– Du gâteau, de la brioche, ça revient au même, non ?

– Sauf s'il n'est pas du tout question de gâteau, rectifia Nellie. D'après Nannerl, Marie-Antoinette transmettait des messages secrets entre Franklin et Mozart. C'est peut-être un code !

– En bref, résuma Dan sans conviction, « gâteau » est un message, mais pas « brioche », même si les deux mots veulent dire la même chose. Et on est censés en retirer un nombre. L'âge du capitaine, c'est ça ?

Amy secoua la tête.

– Je n'en sais rien, mais je suis sûre que c'est une pièce du puzzle.

Dan étudiait les pages du journal par-dessus l'épaule de Nellie.

– Il y a encore une note, là !

Le trait de crayon était presque effacé, mais l'écriture de Grace était bien reconnaissable. Cette fois, elle avait noté vers le milieu de la page :

RE5OCT

Dan scruta les lettres d'un air perplexe.

– Qu'est-ce qui a bien pu se passer un 5 octobre ? Et en quelle année ?

– Attendez…, fit Amy en se penchant sur la page. Elle a écrit ça au-dessus d'un nom… Fidelio Racco.

– Le type de l'affiche ! s'exclama Dan. Celui chez qui Mozart a donné un concert !

– Nannerl dit que c'était un marchand très prospère et un gros homme d'affaires, traduisit Nellie. Il importait pour Mozart un métal hors de prix qu'on ne forgeait qu'en Extrême-Orient. Nannerl lui reproche de lui faire payer beaucoup trop cher, et d'être responsable de ses dettes. Et devinez comment elle l'appelle ?

– Sale vampire suceur de sang ? suggéra Dan.

– Non, « cousin ».

– Encore un Cahill ? souffla-t-il, les yeux ronds.

160

Amy ouvrit le sac à dos de son frère et en sortit l'ordinateur.

– Voyons ce qu'on peut apprendre sur notre cousin italien.

19. Ne jamais se fier à un Cahill...

Fidelio Racco avait beau être un Cahill, ce n'était pas une superstar. Quand on « entrait » son nom de famille sur Google, il venait après le garage Racco – pièces détachées pour automobiles à Toronto – et la pizzeria Racco à Florence, et juste avant une entreprise de raccordement au tout-à-l'égout.

Le marchand multimillionnaire était sans doute une personnalité au XVIIIe siècle, mais, au fil du temps, le compositeur qu'il avait ruiné avait mieux résisté à l'oubli.

Grâce à sa fortune, Racco avait fondé la collection Racco, un musée privé abritant les trésors et œuvres d'art accumulés au cours de ses voyages. Amy et Dan décidèrent d'y poursuivre leurs recherches le lendemain après-midi, en laissant Nellie à l'hôtel avec Saladin et un assortiment de croquettes et de pâtées pour chat italiennes. On pouvait toujours espérer que le changement d'air l'inciterait à cesser sa grève de la faim.

Le musée était aménagé dans la demeure XVIIIe siècle de Racco, ce qui mit tout de suite Dan d'une humeur massacrante.

– La maison de Mozart, la maison de Racco, bougonnait-il, tandis qu'ils parcouraient les ruelles pavées. Maison Nullos, ouais.

Sa sœur perdait patience.

– Tu n'as que ce mot-là à la bouche ? Nul, nullos, trop nul ! Si cette maison nous fournit la prochaine clé, tu la trouveras peut-être moins nulle !

– OK, OK ! admit Dan. Allons-y, qu'on en finisse !

– On y est presque, lui assura Amy. Je le sens.

Dan renifla.

– Tout ce que je sens, moi, c'est l'odeur du canal. Je me demande si je pourrai l'oublier un jour…

Amy songea que Venise était la ville rêvée pour les piétons, pour peu qu'on connaisse son chemin. Vingt minutes de marche leur avaient suffi pour passer de leur chambre d'hôtel miteuse à la grande demeure de Racco, dans un quartier très chic.

– Il faut croire que ça payait bien de plumer Mozart, commenta Dan en admirant la villa.

– Racco n'a pas bâti toute sa fortune sur ses affaires avec Mozart, rectifia Amy. C'était un grand nom du commerce international. Il possédait des bateaux partout dans le monde.

– C'est dingue ! s'exclama son frère. Tous les Cahill étaient des grosses pointures ! Pourquoi ceux d'aujourd'hui ne sont que des gens comme nous, pas forcément riches ni célèbres ?

À l'entrée du musée, ils furent accueillis par une statue de Fidelio Racco en personne. Si sa taille était fidèle à son modèle, le marchand était tout petit : à peine deux ou trois centimètres de plus que Dan. Plus surprenant encore, il grattait les cordes d'une mandoline, et sa bouche grande ouverte laissait supposer qu'il chantait.

– Encore un Janus ? supposa Dan.

– Ça expliquerait pourquoi Mozart s'est adressé à lui pour importer son fameux métal, confirma Amy. Il devait se sentir plus en confiance avec quelqu'un de son propre clan.

– Raté, Wolfgang ! conclut Dan. Règle numéro un : ne jamais se fier à un Cahill.

Ils firent le tour des salles, qui rassemblaient presque toutes les richesses qui s'échangeaient au XVIIIe siècle : soieries, brocarts et poteries d'Orient ; or et argent des Amériques ; diamants, ivoire et sculptures en bois majestueuses d'Afrique ; tapis finement tissés d'Arabie et de Perse.

– Magnifique, chuchota Amy. Il n'y a qu'un Janus pour avoir autant de goût !

Toutes ces merveilles donnaient le vertige. D'après les panneaux, Racco avait fait fortune en important du thé, des épices et un acier japonais très rare, fabriqué à partir d'un alliage de wolfram et qui supportait des températures supérieures à tout autre métal.

– À tous les coups, c'est celui que Racco vendait à Mozart, déclara Amy.

– Le wolfram…, murmura Dan, les yeux dans le vague. J'ai déjà entendu ça quelque part.

– Tu ne confondrais pas avec Wolfgang ?

– Non, non, c'est bien wolfram. C'est Grace qui m'en a parlé. Elle me racontait aussi des choses parfois, figure-toi.

Amy soupira.

– OK. Elle t'a dit quoi ?

Dan fit la grimace.

– Ça m'est sorti de la tête, avoua-t-il, penaud.

– Ce qui explique pourquoi elle me confiait presque tout, répliqua Amy.

Ils arpentèrent une salle remplie de mobilier en bois sculpté comme de la dentelle, venu des quatre coins du globe, et débouchèrent dans une rotonde. Au milieu, baigné d'une lumière bleue, se dressait un clavecin en acajou poli.

– Moi, je sors d'ici. Ça commence à ressembler beaucoup trop à la maison de Mozart.

Amy lui broya le bras.

– Justement ! regarde… c'est l'instrument avec lequel Mozart a joué pendant son récital chez Racco en 1770.

– Mouais, mais ça ne nous dit pas ce que signifie RE5OCT, ni ce que vient faire le gâteau de Marie-Antoinette dans l'histoire.

– N'empêche que tous les indices nous ramènent à cet instrument. Il va nous fournir la clé, j'en suis sûre.

Dan sortit de la poche de son jean une serviette en papier toute froissée.

– Heureusement que je portais un autre pantalon quand on a fait trempette dans le canal.

Il déplia la serviette de la compagnie de chemins de fer.

– Un clavecin, ça sert à jouer de la musique. En voilà !

Amy faillit lui sauter au cou en découvrant la version de la partition qu'il avait recopiée dans le train.

– Dan, je t'adore ! Jouer sur le clavecin de Mozart la partition fournie par Franklin, ça, c'est une idée géniale !

Ils regardèrent autour d'eux. L'instrument était isolé par des cordons de velours, et un gardien veillait à la porte.

– Impossible pour l'instant, conclut Dan. Ce type nous défoncerait le crâne si on posait un doigt sur son précieux clavier.

– C'est probable, admit sa sœur.

– Le musée ferme à cinq heures, ajouta Dan. On va devoir se cacher jusque-là.

Amy admira les toilettes 1920 avec leur carrelage en damier noir et blanc et leurs lavabos en porcelaine immaculée. « Comment je peux m'intéresser à ça à un moment pareil ? », se demanda-t-elle, consternée.

Ce n'était pas si stupide, après tout. Si elle se mettait à penser aux choses sérieuses, elle était fichue. Et s'il y avait une alarme de sécurité ? Ou des veilleurs de nuit ? Que pouvait signifier RE5OCT ? Comment pouvait-on soustraire un âge du mot « gâteau » ?

Cela faisait bien trop de questions pour le cerveau d'une fille de quatorze ans.

Et ce n'était qu'un échantillon. Quelle famille ! Découvrir qu'on est apparenté à Benjamin Franklin et à Marie-Antoinette...

« Ça fait un drôle d'effet de se dire qu'on a du sang royal dans les veines ! J'ai l'impression d'entrer dans l'histoire ! »

Mais ces grands Cahill du passé étaient morts et enterrés depuis longtemps. Et qui étaient ceux d'aujourd'hui ? Des traîtres, des brutes, des artistes de pacotille et des voleurs. Des gens qui vous appelaient « cousins » avec un grand sourire alors qu'ils s'apprê-taient à vous poignarder dans le dos. Amy n'arrivait pas à imaginer Mozart dans une poursuite en bateau, ou en train de poser une bombe dans un tunnel. Cette chasse au trésor était censée être une noble entreprise, une occasion de changer l'avenir. Là, on se serait plu-tôt cru dans une émission de télé-réalité du style *Tous les coups sont permis*.

« L'enquête sur l'incendie qui a causé la mort de papa et maman a conclu à un accident. Oncle Alistair dit qu'il connaît la vérité. Et s'il ne s'agissait pas d'un accident ? », s'interrogea Amy pour la centième fois.

Cette seule pensée lui ôta toute envie de se battre. Des mots comme « chasse au trésor » ou « récom-pense » donnaient à l'aventure l'apparence d'un jeu, mais la tragédie qui les avait frappés sept ans plus tôt était bien réelle. La simple idée que l'incendie aurait pu être volontaire...

Tout à coup, sans prévenir, l'épuisement lui coupa les jambes.

« On devrait peut-être abandonner, songea-t-elle. Rentrer à Boston, laisser Nellie reprendre sa vie et se rendre aux services sociaux... On verra bien si tante Béatrice accepte de nous reprendre... »

Au fond, elle savait bien qu'ils n'étaient pas près de renoncer. Ils ne pouvaient pas. Pas avec la prochaine clé à portée de main. De plus, ils n'avaient aucune preuve que la mort de leurs parents avait un rapport avec les Cahill. Et même dans ce cas, ça les motivait d'autant plus pour gagner cette chasse au trésor.

Elle s'installa plus confortablement sur le siège des toilettes et essaya de se détendre. Dan devait en faire autant de l'autre côté du couloir, dans les toilettes pour hommes. À moins qu'il ne soit trop écervelé pour avoir peur.

Non, il n'était pas bête, loin de là. Il pouvait même se montrer génial, malgré ses difficultés de concentration. C'était lui qui avait eu l'idée de se cacher dans les toilettes en attendant la fermeture. Amy s'était contentée de le suivre dans les couloirs en notant l'emplacement des gardiens. Et quand l'un d'eux les avait dévisagés d'un air soupçonneux, il avait eu le réflexe de passer dans la salle suivante.

« Je serais encore plantée là-bas à bredouiller des explications vaseuses... »

Dan avait besoin d'elle, mais c'était réciproque. Que ça leur plaise ou non, ils formaient une équipe.

Le crétin un peu timbré et sa bégayeuse de sœur : pas la combinaison rêvée pour diriger la planète.

Amy avait l'estomac noué. Dan, lui, préférait ne pas penser à ce qui pouvait mal tourner. Elle lui enviait cette insouciance, elle qui était la championne des scénarios-catastrophe.

Elle consulta sa montre, qui avait survécu à la baignade. Cela faisait une demi-heure qu'un haut-parleur avait annoncé la fermeture, dans une demi-douzaine de langues.

Amy entendit le déclic d'une minuterie et les toilettes furent brusquement plongées dans le noir. Oh non ! Ils n'avaient pas de lampe torche. Comment allaient-ils retrouver leur chemin jusqu'au clavecin, maintenant ?

Elle ouvrit à tâtons la porte de son box et se concentra pour se rappeler la disposition de la pièce. Elle devait rejoindre Dan, mais encore fallait-il qu'elle sorte de là ! Un bruit de pas dans le couloir l'arrêta net. Un gardien ! Ils allaient être capturés, arrêtés, renvoyés en Amérique et...

– Amy ?

– Dan, c'est toi ? J'ai failli avoir une crise cardiaque !

– La voie est libre. Allons-y.

– Dans le noir ? demanda-t-elle.

Son frère lui rit au nez.

– Dans les toilettes, il fait noir ! Ailleurs, on y voit très bien.

– Oh ! fit-elle un peu embarrassée.

Elle se dirigea vers la porte au son de la voix de Dan et sortit dans le couloir. Il avait raison : des veilleuses luisaient à intervalles réguliers.

– Tu as repéré le gardien de nuit ? murmura Amy.

– Je n'ai pas vu un chat. Mais c'est grand, ici. Peut-être qu'il surveille l'or et les diamants. C'est ce que je ferais, à sa place. Qui s'intéresserait à un clavecin ?

Ils traversèrent rapidement les grandes salles, en se félicitant que leurs baskets soient presque silencieuses sur le sol de marbre.

Une fois dans la pièce du fond, Amy distingua dans la pénombre la lueur ivoire du clavier sur lequel Mozart avait joué en 1770. L'excitation lui fit l'effet d'une décharge électrique. La prochaine clé était toute proche.

À cet instant, le contact glacé d'un pistolet à fléchettes collé sur sa nuque chassa toute autre pensée de son cerveau.

20. Aux mains des Kabra

– Il faut qu'on arrête de se croiser comme ça, susurra Natalie Kabra dans le dos d'Amy.

Fou de rage, Dan allait bondir sur elle quand Ian surgit de la pénombre et l'attrapa fermement par la taille.

– Pas si vite, petit Danny. Je vois que tu t'es remis de ton bain de minuit.

Puis il renifla ses cheveux :

– Enfin, presque.

– Qu'est-ce que vous voulez ? aboya Dan.

Ian le dévisagea d'un air de pitié.

– Tu plaisantes ? Bien, vous deux, vous allez rester tranquilles pendant que je vous joue un peu de musique.

173

Il les poussa brutalement contre le mur, et Natalie se planta en face d'eux, l'arme au poing.

– N'ayez crainte, dit-elle d'un ton mielleux. La fléchette ne vous tuera pas. Vous vous réveillerez juste dans quelques heures avec une sale migraine.

– Vous avez l'habitude, ajouta son frère.

Il enjamba le cordon de velours, s'assit au clavecin et fit craquer ses doigts comme un pianiste professionnel.

– C'est du bluff ! lança Dan. Tu ne sais même pas jouer !

– Je suis sûr que je vais trouver l'inspiration, répliqua Ian. « Au clair de la lune », « Frère Jacques » ou pourquoi pas un petit air du genre « KV 617 » ?

– Co-comment êtes-vous au courant ? bredouilla Amy.

– On vous suit depuis la gare de Vienne, ricana Natalie. On s'est connectés sur le signal Wifi de votre portable. Quand vous avez téléchargé la partition sur Internet, on n'a eu qu'à la repiquer sur votre ordinateur.

– Je me suis permis de l'imprimer, ajouta Ian en dépliant une partition pour la poser devant lui.

Amy et Dan échangèrent un coup d'œil. Les Kabra ne pouvaient pas deviner que la version d'Internet n'était pas celle de Benjamin Franklin. Tout n'était peut-être pas perdu.

Ian se mit à jouer. Le son métallique du clavecin résonna dans la pièce comme dans une tombe. L'instrument était beaucoup plus sonore qu'Amy ne l'aurait cru, et à peine désaccordé. Quelle merveille ! Elle tendit le cou pour voir les longs doigts de Ian danser sur les touches d'ivoire. Soudain, sur la droite du clavier, elle remarqua un câble très fin qui partait de la touche du ré avant de disparaître dans le bois de l'instrument. Le ré de la cinquième octave…

Amy fronça les sourcils. Pourquoi cela lui évoquait-il quelque chose ? Puis une image se forma dans sa tête : RE5OCT.

« Le message de Grace dans le journal de Nannerl ! C'est un avertissement ! La touche est piégée ! »

Soudain, la mélodie monta vers les aigus, et Amy vit la main droite de Ian voleter en direction du funeste ré. Sa réaction fut instinctive et immédiate.

– Non !

Elle se rua en avant, bousculant Natalie. Celle-ci tira, mais la fléchette manqua son but et disparut dans un rideau. Amy se jeta sur Ian pour le pousser du tabouret avant la catastrophe. Trop tard ! Son doigt enfonça la touche piégée.

BOUM !

Le clavecin de Mozart explosa, projetant Ian et Amy à trois mètres de là. La jeune fille fit un roulé-boulé et s'en sortit sans une égratignure. En revanche, le crâne de Ian heurta durement le sol de marbre. Le garçon resta inerte.

Natalie se releva avec effort et fondit sur le pistolet. Dan fut plus rapide. Récupérant la fléchette perdue dans les plis du rideau, il la lança sur elle et l'atteignit à l'épaule tandis qu'elle le visait avec son arme. Dan se prépara au pire ; la prochaine fléchette était pour lui. Puis, Natalie chancela, ses yeux roulèrent en arrière.

Et elle s'effondra à côté de son frère. Dan se précipita vers Amy.

– Ça va ?

Elle rampa jusqu'à l'instrument. Chose étrange, le bois avait été réduit en cendres, mais le clavier était intact. On distinguait clairement un deuxième réseau de fils électriques qui s'enfonçaient dans le plancher.

– Vite ! La partition !

Dan la regarda fixement.

– Tu ne peux pas jouer sur ce clavecin ! Il brûle !

– La partition !

Elle déplia la serviette et enfonça les touches. L'instrument n'émettait aucun son, à part un léger cliquetis. Mais Amy persista, suivant à la lettre la partition de Benjamin Franklin.

Tout à coup, le sol se mit à trembler sous leurs pieds.

– Super ! s'écria Dan. Tout l'immeuble va s'effondrer !

Au sol, une plaque de marbre d'un mètre carré coulissa, découvrant une niche secrète. Les deux enfants s'allongèrent à plat ventre pour voir à l'intérieur.

Sur un coussin de velours noir reposaient deux sabres rutilants aux poignées dorées.

– Des armes de samouraï ! murmura Dan, impressionné.

Il tendit le bras pour en prendre un.

– Les samouraïs portaient deux sabres, un court et un long. Ceux-ci ont l'air d'être des courts. Trop cool !

Amy s'empara du deuxième et inspecta les idéogrammes japonais gravés sur le métal.

– Je parie qu'ils sont forgés dans le fameux alliage qui intéressait tant Mozart.

Dan acquiesça d'un signe de tête.

– Tu crois que c'est notre clé ? Ça n'a rien à voir avec le truc que Grace a écrit dans les pages du journal.

Amy sentit les derniers éléments se mettre en place dans sa tête.

– RE5OCT, c'est le ré de la cinquième octave, la touche du clavecin qui était piégée, expliqua Amy. Et « gâteau » moins l'âge, c'est tout bête. Si on enlève les lettres A, G et E du mot « gâteau », il reste… T-U.

Elle fit la grimace.

– Ça ne veut rien dire.

– Mais si ! s'exclama Dan, survolté. C'était l'ancien symbole chimique du tungstène ! Voilà ce que Grace m'avait dit ! Je m'en souviens : maintenant, le symbole du tungstène est W, comme wolfram, son nom germanique, mais autrefois, c'était Tu.

– C'est pour ça que Marie-Antoinette a dit : « Qu'ils mangent du gâteau ! », enchaîna Amy, les yeux brillants. Elle ne parlait pas des pauvres. « Gâteau » était un message codé de Franklin à Mozart pour lui dire quel métal il lui fallait. On a trouvé ! La première clé, c'était la « solution de fer ». La deuxième, c'est « tungstène » ! Le but de cette chasse au trésor est de rassembler une sorte de formule chimique !

Ils venaient de faire un nouveau pas vers la victoire. Amy eut la certitude que, de là où ils se trouvaient, leurs parents les regardaient en souriant. Elle prit la main de son frère. Ils avaient beau se disputer à longueur de journée, ils avaient réussi ensemble. « On reste dans la course ! », songea-t-elle avec excitation.

Soudain, toutes les lumières s'allumèrent et un gardien de nuit débula dans la salle en braillant en italien. Surpris, Dan se retourna pour lui faire face, sans se rendre compte qu'il brandissait le sabre à deux mains comme une batte de base-ball.

Le gardien fit volte-face avec un glapissement d'effroi et repartit dans l'autre sens.

– Filons, le pressa Amy.

– Et eux ? demanda Dan en désignant les Kabra, toujours inconscients.

– Le gardien va revenir avec la police d'une minute à l'autre. Ils appelleront un médecin.

Nellie était sur le point de jeter l'éponge.

Elle ne supportait plus de voir Saladin amaigri et raplapla, à peine capable d'émettre un miaulement digne de ce nom. Dès que ses protégés seraient de retour, elle irait acheter du merlan frais chez le poissonnier. D'accord, elle s'avouait vaincue, et ça allait lui coûter une petite fortune, mais tout plutôt que de voir agoniser ce pauvre chat.

Grace Cahill était sûrement une femme extraordinaire, mais elle n'avait pas su apprendre à son chat qui était le chef.

Nellie regarda sa montre d'un air soucieux. Il était plus de dix-neuf heures. Tous les musées étaient fermés depuis deux heures. Amy et Dan étaient encore en retard, et elle n'osait pas imaginer ce qui avait pu leur arriver.

Avec un soupir, elle décida de tenter sa chance une dernière fois. Elle ouvrit une boîte de pâtée et l'apporta au chat, qui suivait du coin de l'œil une émission en italien, allongé sur un accoudoir.

– C'est bon, Saladin, tu as gagné. T'es le plus fort. J'irai t'acheter du poisson tout à l'heure. En attendant, si tu mangeais quelques bouchées pour prendre des forces ?

Elle prit un peu de pâtée au bout de son index et profita qu'il bâillait pour la déposer dans sa gueule. Il fit claquer sa langue contre son palais d'un air de connaisseur, puis se jeta sur le doigt de Nellie et le lécha avidement.

Encouragée, la jeune fille au pair lui tendit la boîte, qu'il vida jusqu'à la dernière miette.

– C'est bien, mon minou ! le félicita Nellie, rayonnante. Je savais que ça te plairait si tu te décidais à goûter ! Les Italiens sont de fins cuisiniers, même pour les félins.

Saladin avait englouti la moitié d'une deuxième boîte quand Amy et Dan firent irruption dans la chambre. Nellie n'avait jamais été aussi fière d'elle.

– Vous pouvez me féliciter, les gars ! La grève de la faim est terminée…

Puis elle s'aperçut que Dan agitait un sabre de samouraï au milieu de la pièce.

– Pose ce machin tout de suite avant de te couper une oreille ! ordonna-t-elle.

Dan l'ignora totalement. Saladin, en revanche, abandonna sa pâtée pour filer se réfugier sous le lit. Rose d'excitation, Amy brandit l'autre sabre.

– T'inquiète ! C'est notre deuxième clé !

– Des sabres ?!

– Du tungstène ! Ça entre dans la composition de ce métal.

– On fait les valises ! s'écria Dan. Direction Tokyo ! Hé, au fait, bravo, Saladin !

Un *mrrip* inquiet lui parvint de sous le lit.

Nellie était un peu perdue.

– Pourquoi Tokyo ?

– Ces sabres ont été forgés là-bas, expliqua Amy. Et l'exposition précise que Fidelio Racco est parti au Japon et qu'il n'en est jamais revenu !

– On est obligés d'y aller aussi ? insista la jeune fille au pair.

– Oui, on suit la piste, répliqua Amy. C'est là que se trouve la prochaine clé.

La loyale Nellie dégaina son téléphone pour appeler la compagnie japonaise Japan Airlines.

Les Kabra avaient l'argent ; les Holt avaient les biceps ; Irina avait l'entraînement et la fourberie ; Alistair l'expérience. La seule arme dont disposaient Amy et Dan était leur matière grise. C'était pourtant eux qui venaient de découvrir la deuxième clé.

La chasse au trésor continuait.

21. La chasse au trésor continue...

Aux yeux des habitants de Salzbourg, William MacIntyre avait tout du touriste ordinaire. À part, peut-être, son costume sombre un peu strict, rien ne le distinguait des autres badauds qui se promenaient sur la place. Personne ne semblait avoir remarqué le minuscule boîtier qu'il avait à la main, ni les petits bips que celui-ci émettait régulièrement. Cela faisait presque une semaine que, grâce à cet équipement, maître MacIntyre suivait la trace d'Amy et de Dan. Or, le signal ne s'était pas manifesté depuis deux jours. Quelque chose clochait.

Tandis qu'il traversait la place, les bips se muèrent en un son continu, signe que la balise ne se trouvait plus qu'à quelques mètres.

William MacIntyre écarquilla les yeux. Elle était là, au milieu de la place, épinglée comme un badge sur la poitrine de la statue de Mozart !

Une main puissante s'abattit sur son épaule et le força à se retourner. C'était Alistair Oh, bouillant de rage.

– Alors c'était vous ! gronda le vieil homme. Rien ne vous autorise à fourrer votre nez dans cette chasse au trésor ! Où est mon indice ?

Le notaire haussa les sourcils, stupéfait.

– Je ne comprends pas. Que me voulez-vous ?

– J'avais trouvé un document dans le tunnel du monastère, mais, quand j'ai voulu le faire traduire, il avait disparu. À sa place, dans le pommeau de ma canne, j'ai découvert votre balise. J'exige une explication !

– Je n'ai rien à voir là-dedans, assura le notaire.

Alistair plissa les yeux d'un air soupçonneux.

– Avouez que vous essayez d'influencer l'issue de cette course ! Ou alors vous voulez court-circuiter tous les concurrents pour empocher la récompense.

Maître MacIntyre se redressa de toute sa taille.

– Vous m'insultez ! Il est clair que vous avez été doublé, mais je n'y suis pour rien. Avec de tels enjeux, il n'est pas surprenant que certains soient tentés de tricher. Vous savez très bien de quoi les Cahill sont capables.

– Vous ne vous en tirerez pas comme ça ! menaça Alistair. Si je gagne cette chasse au trésor, je veillerai personnellement à mettre fin à votre carrière.

Il détacha la balise collée à la poitrine de Mozart par un chewing-gum pour la glisser dans sa poche, puis il tourna les talons et s'éloigna à grands pas.

Avec un profond soupir, le notaire quitta la place et s'arrêta trois rues plus loin, à la terrasse d'un café, dans une petite cour tranquille. Il alla s'asseoir à une table un peu à l'écart, en face d'un homme entièrement vêtu de noir.

– Vous n'allez pas le croire, lui annonça MacIntyre d'un ton las. Ils ont découvert la puce dans le collier du chat et l'ont déposée sur Alistair Oh.

L'homme en noir se massa les tempes.

– Vous êtes en train de me dire que nous avons perdu la trace des enfants ?

Le notaire acquiesça, abattu.

– Ce sont plutôt eux qui nous ont semés, rectifia-t-il. En fin de compte, ils ont peut-être plus de ressources que madame Grace ne l'imaginait.

Très haut au-dessus de leurs têtes, un avion filant vers l'Orient traçait un ruban blanc dans le ciel bleu.

Une série de 10 titres
qui paraîtront tous les 2 ou 3 mois,
de février 2011 à septembre 2012 !

**Pour participer à la chasse aux 39 clés
et gagner des clés plus vite que Dan et Amy
va sur le site Internet dédié à la série**

www.les39cles.fr

JOUE ET GAGNE !

En soulevant le deuxième rabat de la couverture
de chaque livre, tu découvriras un code.
Il est unique, c'est ton code personnel ! À quoi sert-il ?

**Pour le découvrir, connecte-toi vite sur le site
www.les39cles.fr**

Une fois sur la page d'accueil, crée ton compte et entre ton code.

Bravo ! Tu as déjà gagné : 100 points, et la clé du livre,
celle que Dan et Amy découvrent à chaque aventure !
Cette clé t'est présentée dans une vidéo
et tu peux la retrouver dans « le tableau des clés ».

Pour les prochains tomes, tu refais la même chose !
À partir du tome 3, tu auras deux codes personnels
à entrer sur le site, et cela jusqu'au tome 10 !

En jouant aux jeux qui te sont proposés, tu peux gagner deux à trois nouvelles clés par livre.

TU TROUVERAS SUR LE SITE DES 39 CLÉS :

Des jeux d'action
comme le labyrinthe des squelettes, la course-poursuite en bateau.

Des jeux d'observation
où, par exemple, tu dois retrouver sept erreurs dans un tableau représentant Benjamin Franklin, le savant américain du tome 1 qui donne tant de fil à retordre aux héros !

Des jeux de réflexion
comme le sudoku ou le jeu *Simon* où tu dois reproduire une musique de Mozart !

Plus tu as de points, plus tu as de chance de décrocher une clé et de voir la vidéo de cette clé, qui est bien sûr différente de celle du livre ! Pour y arriver, tu dois en fait atteindre un score maximum indiqué sous chaque jeu. Tu peux y rejouer tant que tu veux !

Toutes les clés que tu as gagnées s'afficheront en orange sur la carte interactive du monde ou dans le « tableau des clés ».

À chaque nouveau tome, il y aura de nouveaux jeux, de nouveaux défis ! Bien évidemment on t'avertira de la date de sortie des prochains volumes. Alors n'hésite pas à revenir souvent sur le site !

Et si tu as réussi à gagner les clés de tous les jeux, va consulter les autres rubriques !

PROLONGE TA LECTURE
EN SURFANT SUR LE SITE !

Tu en sauras davantage sur les héros (leurs points forts, leurs points faibles, leur devise !), sur les différents clans, sur les concurrents : l'acteur hollywoodien à la dernière mode, Jonah Wizard, l'ex-espionne russe du KGB, Irina Spasky…, sur les auteurs comme l'auteur Rick Riordan ou l'illustrateur Philippe Masson qui vit à Tours…

Tu apprendras également plein de choses passionnantes sur les lieux que traversent Dan et Amy : les catacombes, Montmartre, Venise… et sur les personnages célèbres sur qui nos héros enquêtent : le savant américain Benjamin Franklin, le célèbre compositeur Mozart, le guerrier japonais Toyotomi Hideyoshi …

Et même Nellie, la jeune fille au pair, te fera découvrir ses recettes préférées et sa musique d'enfer ! Une play-list s'affichera à chaque fois que tu te connecteras et tu auras ainsi la chance d'écouter des musiques du monde entier !

**Enfin tu auras même la possibilité de feuilleter
le premier chapitre du tome suivant !!!**

RDV sur le site www.les39cles.fr !

IL EST FAIT POUR TOI !
DE NOMBREUX LOTS, VOYAGES,
CADEAUX SONT À GAGNER !